Nossas Outras Vidas

Equipe de realização: Revisão: Plínio Martins Filho; *Capa:* Nahum H. Levin; *Produção:* Plínio Martins Filho e Marina Mayumi Watanabe.

ELIEZER LEVIN

NOSSAS OUTRAS VIDAS

COPYRIGHT © Eliezer Levin 1989

EDITORA PERSPECTIVA S.A.
Av. Brigadeiro Luís Antônio, 3025
01401 - São Paulo-SP - Brasil
Telefones: 885-8388/885-6878
1989

ÍNDICE

Nossas outras vidas	11
Estamos nos mudando	15
Às margens plácidas do Tietê	19
Jardim Zoológico	23
Máscara Negra	27
O guarda-chuva de meu pai	31
Marcelino Ramos	35
L'uomo finito	39
J'accuse	43
Ditos que ouvi no *pletzl* (I)	47
O cacho de bananas	51
Este mundo é um pandemônio	55
O primo da esquerda	59
Não se meta	63
O décimo homem	67
Pôquer	71
Ditos que ouvi no *pletzl* (II)	75
Chuva e sol, casamento de espanhol	79
No campo sagrado	83
A semente de Safed	87

Nova Iorque, Nova Iorque	91
Quando os filhos suplantam os pais	95
Do seu preclaro colega	97
Ditos que ouvi no *pletzl* (III)	101
O nosso homem de Lindóia	105
Doce pássaro da juventude	109
Seu Samuel	113
Réquiem de um mestre-escola	117
Ó tempora! Ó mores!	121
À margem de um formigueiro	125
Sábado à noite, antes do teatro	129
Ditos que ouvi no *pletzl* (IV)	133
A vingança de Iankev Wolf	137
Quem pensa no próximo?	141
História de uma epígrafe	143
Só para quem entende *idish*	147
Expressões idiomáticas (*idish*)	153
Glossário	157

*A quem se deve considerar forte?
Àquele que resiste à tentação de
contar uma história.*
(Paráfrase talmúdica)

NOSSAS OUTRAS VIDAS

    Há vários anos tenho o hábito de invadir a madrugada lendo ou escrevendo. Da mesa em que me debruço, posso contemplar as ruas adormecidas de meu bairro e, por cima delas, se tiver sorte, um palmo de céu azul, pontilhado de estrelas. Antes de me deitar, aproximo-me da janela, aspiro o ar fresco e, durante alguns minutos, me deixo envolver pelo silêncio noturno. Na última noite, fatigado, fui deitar-me mais cedo e logo adormeci.
    Sonhei que viajava num ônibus cheio de turistas. Todos estavam com seus passaportes na mão.
    — Vai haver uma inspeção na próxima parada — disse-me o meu vizinho, um tanto apreensivo.
    — Não sabia que precisava de passaporte! — observei espantado.
    — Essa é boa! Com certeza, o senhor vai ter de ficar para trás.
    Lembrei-me de minha viagem a Marrocos e reconheci, entre os turistas, alguns que viajaram comigo. Fiz um exame rápido nos bolsos, já sabendo de antemão que nada encontraria.

— Eu sempre levei o passaporte, mas desta vez deixei-o no Hotel — retruquei. — O senhor tem certeza de que vai ser preciso?
— Ora, meu amigo!
Todos estavam atentos ao nosso diálogo, de olhos fixos em mim, como se eu fosse um irresponsável. Ao que parece eu era o único passageiro sem documento.
De fato, o ônibus parou, e entraram uns oficiais. Apalpei os bolsos numa última tentativa.
— Me desculpem, mas não trouxe o passaporte.
Eles me olharam espantados. Várias vezes repetiram suas ordens numa língua que eu simplesmente não conseguia entender, cada vez mais exaltados. O motorista, o único capaz de interceder por mim, não proferiu nenhuma palavra, ficando apenas a observar-me com ares de indiferença. Por fim, fui obrigado a descer e, para minha consternação, vi o ônibus partir depressa, deixando-me para trás.
Eu estava absolutamente certo de que tudo não passava de um mau sonho. Resolvi, pois, não levar a coisa a sério, e sorri, quando os guardas me conduziram para o seu alojamento. Aparentemente teriam de esperar seu comandante para decidir o que fariam comigo. Sentado num banco sem encosto, nada tendo que fazer, fiquei refletindo na minha curiosa situação. Pouco a pouco, uma dormência incontrolável entrou a dominar-me pernas e braços. Tentei ainda manter abertos os olhos, mas, envolvido pelo sono, acabei sucumbindo.
Sonhei que estava numa "medina" de Rabat ou de Casablanca. Havia gente me cercando por todos os lados. Eu mal podia me locomover, tal o aglomerado de pessoas. Adolescentes andrajosos me puxavam pelo braço, mulheres de vestidos compridos e rostos velados me ofereciam com insistência espelhos e colares, homens sentados à porta de suas pequenas lojas encaravam-me desconfiados. Um cheiro forte de especiarias orientais me revolvia o estômago. Eu queria sair dali o quanto antes, mas sempre acabava desembocando noutra ruela, também entupida de gente. O calor era sufocante e fazia com que bagas de suor me escorressem pelo corpo. Atormentava-me a idéia fixa de sair daquele labirinto antes

de cair a noite. No entanto, meus movimentos tornavam-se cada vez mais lentos, e as pernas mal me obedeciam. Entrei, finalmente, numa ruela comprida e vazia, pela qual me pus a correr, mas logo dei-me conta de que era um beco sem saída. Ao regressar, já não havia mais ninguém e a claridade começara a desaparecer. Corri para uma das casas e, esgotado, encolhi-me no vão da entrada. Se tivesse que passar ali a noite, talvez fosse este o lugar mais apropriado, raciocinei. Após uns momentos de hesitação, como que escorregando, sentei-me na soleira, que era pegajosa e fria. Pouco a pouco, a escuridão foi apagando o contorno de tudo quanto se pudesse ver.

— Essa é boa! — pensei comigo. — Isso deve ser com certeza um sonho, e dos maus.

E assim refletindo, deixei-me embalar pelo sono. Sonhei que estava regredindo no tempo.

Vi-me caminhando por um longo corredor de hospital. Meus passos ecoavam ruidosamente. Não havia mais ninguém, a não ser a enfermeira do plantão noturno, a quem eu avistava de longe, sentada na sua banqueta alta, atrás do balcão, fazendo anotações num grande bloco. Do outro lado, dentro do quarto, estava a pessoa a quem eu mais amava. Eu tinha consciência de que era a sua última noite.

— O senhor não consegue dormir? — exclamou a enfermeira, levantando os olhos para mim, e sua voz soou por todo o recinto.

— Por favor, dê uma olhada nela, vou ficar por aí um pouco.

Pelo estreito basculante do corredor, fiquei observando a cidade adormecida. Mas, lá fora, todos estavam vivos, enquanto aqui alguém se apagava para sempre. Depois, recostei-me num dos bancos e, impotente, sem poder fazer absolutamente nada, cochilei. Sonhei que era um menino de quatro a cinco anos.

Eu estava na cama, bem cedo, e meu pai, que acabara de vir de uma longa viagem, tentava me acordar.

— Trouxe um trenzinho para você, *zunele** — ele beijou-

---

* No final deste livro há um glossário, com todas as palavras idish ou hebraicas, pela ordem alfabética.

me as faces, e senti o contacto áspero e frio de sua barba.
O trenzinho era o presente com que eu sempre sonhara. Suas cores mágicas, vermelho e azul, me fascinavam. No entanto, por mais que lutasse para despertar, mal podia abrir os olhos e não conseguia me libertar das garras do sono.
— Você não vai querer o trenzinho? — ele riu para mim.
— Sim, sim, daqui a pouco.
Abraçado àquele trenzinho de lata, acabei adormecendo profundamente e sonhei que era um bebê.
Eu estava num berço, imobilizado por fraldas e panos, e sentia muita fome. O choro agudo que se espalhava pelo quarto era sem dúvida meu. Não havia ninguém para me acudir. Como não pudesse espernear, continuei chorando e berrando. Foi quando a minha grande protetora se aproximou de mim. Senti logo sua presença amiga, pois tinha os mesmos passos, os mesmos movimentos, o mesmo cheiro, o mesmo calor, a mesma voz. Tomou-me nos braços e aconchegou-me ao grande úbere. Suguei depressa o mamilo que se oferecia, e o leite inundou-me a boca. Saciado, cerrei as pálpebras, adormeci e sonhei.

ESTAMOS NOS MUDANDO

Não foi sem algum traumatismo que tivemos a nossa mudança. Vários dias antes, mamãe já tratava dela, e achávamos, pelo volume de pacotes, pacotinhos e todo o resto da tralha, que isso nunca teria fim. Mas o grande dia chegou. Logo cedo, deparamos com um estranho caminhão diante de casa.

Talvez deva dizer (inutilmente) que as companhias de mudanças desse tempo não tinham os recursos de hoje. O tal caminhão (puro exagero nosso, pois não passava de frágil camioneta) dispunha de uma precária carroceria de madeira onde os móveis iam sendo empilhados a céu aberto, devidamente amarrados por cordas. O motorista, sujeito alto e forte, verdadeiro gigante, a quem minha mãe chamava de seu Zé, também *doublé* de carregador, fazia literalmente tudo. Naturalmente, era auxiliado por todo o pessoal de casa: minha mãe, meu pai, eu. No caso dos dois últimos, diga-se a verdade, de um modo um tanto canhestro. Quanto a meu mano, este, pelo seu inexpressivo tamanho, ajudava muito não atrapalhando.

De fato, o trabalho começou às oito da manhã, e, às três da tarde, ainda estávamos empilhando coisas. Havia já uma formidável montanha avultando na referida carroceria. Todos os espaços estavam rigorosamente tomados e preenchidos por panelas, caçarolas, vasos com plantas e sem plantas, malas e roupas. Era, no seu conjunto, um autêntico milagre de equilíbrio.

Houve, então, um intervalo. Uma frugal refeição, não se sabia de onde, surgiu, de repente, por artes mágicas de minha mãe. Seu Zé lançou-se ao bródio com gosto, chegou até mesmo a elogiar a nossa pobre comida judaica.

— Muito legal, dona — disse ele.

Meu pai, que esperava impaciente, não se conteve quando a viu de novo lhe trazendo outro par de sanduíches.

— *Guenug*! *Er hot shoin gueguessn vi a ferd**.

Por volta das cinco horas, parecia que tudo estava pronto, com o seu Zé apertando as cordas em torno do caminhão, este rangendo feito um agonizante.

— Podemos partir — anunciou ele.

No banco, ao lado do motorista, encaixamo-nos todos, meu pai, eu e meu mano, e fazíamos força para que sobrasse ao menos um miserável lugarzinho para minha mãe, que ainda se encontrava no interior da casa. Seu Zé deu a partida, e o caminhão começou a resfolegar assustadoramente. A trepidação era de tal ordem que meu mano entrou a rir, e eu, por solidariedade, fiquei sorrindo e, depois, me pus a rir também.

Com o motor já devidamente aquecido, e nada de mamãe chegar, meu pai, que mal se podia mover, prensado entre nós e o gigante do motorista, sussurrou para mim:

— Vai ver o que está acontecendo com a tua mãe.

Esgueirei-me para fora e corri em direção da casa. Encontrei-a simplesmente fechando as janelas.

— É para não entrar chuva — disse ela, quando me viu.

— Volta para o caminhão, vou em seguida.

Voltei para o meu lugar. O caminhão soltava tiros por todos os lados, parecia estar-se desconjuntando. Depois de mais

---

* Chega! Ele já comeu feito um cavalo.

alguns intermináveis minutos, ainda não tendo mamãe voltado, seu Zé, que era um homem paciente, resolveu desligar o motor.

— Não quero que ele esquente demais — disse para nós.
— *Gvald*! Onde se meteu esta mulher? — resmungou inconformado meu pai e, num esforço, voltando-se para mim:
— Vá rápido, e diga-lhe que venha imediatamente.

Saltei de novo e saí correndo. Desta vez, fui encontrá-la no meio da cozinha, esta, erma e vazia. Ao dar comigo, ela enxugou depressa os olhos e, silenciosamente, pousando o braço no meu ombro, encaminhou-se devagar para a rua. Alguns vizinhos a esperavam pesarosos.

A noite já vinha caindo quando, finalmente, o caminhão, emergindo do meio de uma pesada nuvem de fumaça, partiu trepidante, deixando para trás a nossa velha casa, que ali ficara como um fantasma.

ÀS MARGENS PLÁCIDAS DO TIETÊ

O nosso colega, Salomãozinho, quando recebeu o boletim e viu que estava mesmo reprovado, anunciou:

— Vou me matar.

A notícia correu depressa entre nós. Ele já vinha falando disso havia algum tempo, motivo pelo qual ninguém estranhou quando decidiu.

— Afogo-me no Tietê — declarou objetivamente ao grupo excitado que começava a cercá-lo. — Vou é me atirar no Tietê.

Como ninguém de nós tivesse nenhuma experiência de como é que se dava cabo da própria vida, aquele detalhe do Tietê pegou-nos realmente de surpresa.

— Do alto da ponte? — indagou alguém.

— Do alto da ponte, não — corrigiu Salomãozinho. — Mais fácil é descer pelas margens.

Como é natural, a notícia tomara conta da escola toda, e, quando ele saiu, o grupo que se dispunha a acompanhá-lo havia aumentado consideravelmente. Era um bom grupo: ruidoso, entusiasmado, fazendo muitos comentários, cada qual com a sua própria opinião, dando a ele todo o apoio necessário. Salomãozinho ia na frente, sem se deter, num passinho regular de marcha, apoiando num dos braços, bem dobrado para não amassar, o seu dólmã azul (de uso obrigatório na escola, mas que havia tirado, pois corria em meio o estio com um dos seus dias mais quentes), e no outro, a pasta de couro pesada, com os livros e cadernos.

— Não, eu não agüentaria ver a cara de meus pais — ia ele resmungando. — Um golpe duro demais para eles, me ver reprovado!

— Está certo, Salomãozinho — apoiavam-no os puxa-sacos.

— Meu pai trabalha feito um camelo, ele não merece isso.

— Certo, certo — continuava o coro.

— E minha mãe vive doente, ela também não ia agüentar.

— Não ia agüentar — o coro repetia uníssono.

Não havia ali nenhuma opinião discordante. Os que vinham atrás, tão logo tomavam conhecimento do que se aprovava na frente, aderiam de imediato àquelas vozes cada vez mais homogêneas.

Na altura da Tiradentes, o nosso bando começou a despertar atenção.

— Que é que está acontecendo? — perguntou um senhor idoso, parado à porta de um botequim, com aquele ar canino de quem está fuçando alguma coisa.

— É o nosso colega, ele vai se suicidar.

— Ah, suicidar! Tá bem.

O homem não perdeu tempo, voltou para dentro e foi passar adiante a notícia. Outros adultos que vinham passando perguntaram o mesmo e, naturalmente, receberam idênticas respostas; uma vez esclarecidos, retornavam às suas ocupações ou aos seus caminhos.

Quando, finalmente, chegamos às margens do velho rio, paramos um instante para contemplar suas águas, que, como de costume, fluíam mansas e barrentas.

— Quem diria, hein?! No Tietê! — eram as exclamações que passavam pelas nossas cabeças. — Que sujeito imaginativo esse Salomãozinho!

Só uma coisa não estava lá muito correta: a visão da ribanceira, com todo aquele desnível.

Descer por ali, como já tínhamos previsto, não ia ser nada fácil. Então, para ajudar o nosso companheiro, fez-se uma corrente, e foi um tal de dar as mãos uns aos outros, no início com cuidados extremos, depois com ordens e contra-ordens confusas, numa operação que começava a se tornar cada vez mais e mais perigosa.

No meio do puxa daqui, puxa dali, escorrega aqui, escorrega ali, e, principalmente, após um perigoso "pega-pega-ele-tá-caindo", alguns começaram a desistir.

Até que:

— O melhor é esse cara saltar da ponte mesmo — sugeriu alguém, já bastante esfolado.

— Da ponte, não. Não salto dela, já disse — disse Salomãozinho, batendo pé.

Com essa teimosia, creio, e por falta sobretudo de corda, elemento absolutamente necessário para vencer a estúpida ribanceira, a coisa toda começou pouco a pouco a ser adiada. Adiada e, por fim, cancelada, em caráter definitivo, pelo seu maior interessado, o qual, já àquela altura, pareceu-nos dar sinais não só de arrependimento, como até mesmo de uma bruta fome.

JARDIM ZOOLÓGICO

Nos meus verdes anos, houve um tempo em que julguei que o mundo todo fosse um jardim zoológico. Os adultos lá de casa, que faziam minha cabeça, tinham uma maneira peculiar de classificar os seus conhecidos.

Para o meu tio, por exemplo, que era *clientelchik*, o seu fornecedor, um atacadista da José Paulino, não passava de um *groisser ferd*. Eu conhecia cavalos e ficava imaginando a cara desse sujeito.

Meu pai não tinha boa opinião do nosso açougueiro e, quando o nome deste vinha à baila nas conversas que mantinha com minha mãe, *oks* era como o chamava. Eu conhecia bem esse *oks* e achava perfeita a classificação do meu pai; o homem realmente tinha o perfil de um boi.

A nossa casa sempre fora muito aberta, e recebíamos gente de toda a parte e de toda a espécie. A todos, ou a quase todos, eu conhecia pela escala zoológica. Até mesmo aves entravam nela, sem nenhuma discriminação. Havia, por exemplo, um poeta franzino, de cara pálida e olheiras profundas, que vivia nos filando almoços e jantares. Recitava-nos versos melancólicos, com certos trejeitos. O meu tio referia-se a ele, ironicamente, como o *feiguele*. Dada a minha inocência, escapava-me o sentido da estranha associação.

Costumava entrar lá em casa, também, um *shif-brider* de minha mãe, cujos negócios sempre estavam dando prejuízo. Ele vivia contando para o meu pai os seus novos *guesheftn* e como estes, apesar de bem bolados, não entendia por que, sempre davam com os burros n'água. Meu pai ouvia-o pacientemente e, depois, a sós com minha mãe, que se sentia pesarosa, comentava, balançando a cabeça:

— Nunca vi um *eizl* igual a este!

Nas constantes conversas e discussões entre meu pai e meu tio quanto à situação crítica pela qual passava a nossa sinagoga, ambos concordavam numa coisa: o *guevir* nem sempre é generoso nas suas contribuições. E falavam de um certo ricaço famoso, *ongueshtopt mit guelt*, que mal abria o seu bolso. Até hoje não consigo me lembrar do nome dele, sei apenas que o chamavam de *chazer* o tempo todo; e juro que, quando eu ficava observando o seu jeitão, a idéia de um porco refocilando de fato me vinha logo à mente.

Desta forma vim a conhecer toda uma galeria de animais e aves: *bok* (e que *bok*!), *calb*, *fuks*, *hunt*, *shlang*, *foigl*, *gaml*, *vantz*, *beheime*. Aliás, este último, o *beheime*, portador ao mesmo tempo da somatória das qualidad do *ferd*, do *oks* e do *eizl*, e que em bom português poderia ser traduzido por animal ou animália, foi pivô, uma vez, de uma gafe de minha parte. Vou contar-lhes em poucas palavras como aconteceu o caso.

De profissão era comerciante, não digo de grande sucesso, apenas um comerciante razoável. Não sei como e graças a quem tornou-se freqüentador lá de casa. A princípio gozava de boa credibilidade entre nós. Vivia, porém, anunciando catástrofes. Uma noite, veio advertir-nos em tom quase histérico: "Corram tirar o dinheiro, vão fechar os bancos". Meu pai e o meu tio, que mal puderam esperar o dia amanhecer, correram aos seus bancos, mas, para surpresa deles, não encontraram nenhum tipo de anormalidade. Outro dia, ele apareceu-nos em casa jurando que iria faltar leite; minha mãe não perdeu tempo, comprou leite para o resto do mês. Pois bem, passamos um mês inteiro nos entupindo com coalhadas, queijos, doces de queijo, bolinhos de queijo, blintzes, manteigas diversas, etc., etc., a única coisa que não faltou neste país, durante o mês, foi o leite.

Anunciou-nos, com a máxima seriedade, não sei quantas revoluções, greves, falências, locautes, pogroms, tufões, terremotos e dilúvios que nunca aconteceram nem sequer foram previstos. Não estranhei, pois, quando o pessoal de casa começou a referir-se a ele como o *beheime*. "Você soube da última do *beheime*? Qual será a próxima do *beheime*? Que disse o nosso *beheime*?" — perguntavam-se uns aos outros.

No mais, o *beheime* era um bom sujeito, sério , diria até de boa índole, cujo propósito, no fundo, era apenas ajudar o próximo, mas que, infelizmente, acabava praticando as suas patuscadas porque não passava de um *beheime*.

O *beheime* continuava a freqüentar a nossa casa, e, por uma questão de princípio ou ética judaica, que proíbe envergonhar as pessoas, nunca ninguém, em sua presença, faltou-lhe com o respeito. Além do mais, sabíamos muito bem que não tinha más intenções; apenas desejava ser prestativo. No entanto, fui eu, porteiro oficial da casa, quem, acidentalmente, entornou o caldo, quando, uma noite, ao abrir-lhe a porta, respondi ao meu pai que perguntou de longe:

— Quem é?

— É o *beheime* — respondi.

Quando, finalmente, após umas horas constrangedoras, o *beheime* partiu, meu pai gritou para minha mãe:

— Pelo amor de Deus, não me mande mais este garoto abrir a porta. De hoje em diante, sou eu o porteiro.

MÁSCARA NEGRA

Corria o quente mês de fevereiro do ano de 1941. Na Europa explodiam bombas, aqui explodia o Carnaval. Já de algum tempo o rádio só transmitia músicas carnavalescas, sobretudo as do Rio, a nossa Capital Federal. Até mesmo aqui, no Bom Retiro, já conhecíamos algumas delas.

"Se você fosse sincera, ô, ô, ô, ô, Aurora." Quem seria essa Aurora? — eu me perguntava, entrincheirado no limite de meus dez anos bisonhos. O nome me soava bem. Prestei mais atenção ao restante da letra: "... veja só que bom que era, ô, ô, ô, ô, Aurora". A Aurora devia ser uma mulata carioca, bem maliciosa. "Um lindo apartamento, com porteiro e elevador, e ar refrigerado para os dias de calor...". Cismava com esse "ar refrigerado", que tinha para mim um sabor estranho de sorvete.

Logo depois da Aurora, tomei conhecimento da Helena, outro nome que mexera comigo. "Eu ontem cheguei em casa, Helena, te procurei e não te encontrei, fiquei tristonho a chorar." Como seria essa tal de Helena? — perguntava-me, debruçado na janela, esperando que ela passasse. "Passei o resto da noite a chamar, Helena, Helena, vem me consolar."

Alguns garotos mais abonados andaram se exibindo na rua com pacotes de serpentina, que atiravam sobre os carros. Outros já começavam a estrear suas fantasias: a do pirata, a do pierrô, a do beduíno, a do legionário, a do Tarzã (esta última, obviamente, muito barata, mas nem por isso menos emocionante).

Quando apareceu o garoto "milionário" com o seu lança-perfumes de vidro, corremos todos para ver a preciosidade.

— Atira em mim, atira em mim — gritávamos

Lá vinha o jato que nos atingia na face ou nos braços, provocando calafrios. Aquele lastro de perfume que ficara vagando ao ar permaneceria conosco por muito tempo.

Uma agitação crescente começava a dominar as pacatas ruas do Bom Retiro. Lá em casa, meus pais não viam com bons olhos esse Carnaval que estava por toda a parte.

— É uma festa pagã — dizia meu pai. — Não fica bem aos nossos jovens participarem dela. Temos o Purim! Por que não comemoram o Purim?

— Com tanto sofrimento no mundo, como é que se pode comemorar?! — retrucava minha mãe, naturalmente pensando nos horrores da guerra que se alastrava cada vez mais.

Mas o clima aqui era de Carnaval. E não havia como detê-lo. Os corações dos jovens, por mais surrada que fosse a frase, tinham razões que a própria razão desconhecia. Ora, ninguém deixava de gostar do Purim, mas também nada tínhamos contra o Carnaval.

"Viemos do Egito, e muitas vezes tivemos que rezar. Alah, Alah, Alah, meu bom Alah..."

É! O carnaval acabava de chegar com toda a força, e não adiantava querer ir contra a maré. Os acordes se espalhavam pela rua, deixando-nos em virtual estado de ebulição. Quem poderia ficar em casa, sem se contagiar! Ainda mais com esse calor!

Por isso, logo pela manhã, fui dar uma volta para ver de perto o que estava acontecendo e por acontecer.

— Olhe, estão dando máscaras na Farmácia do seu Vicente — comunicou-me, eufórico, um dos amiguinhos a quem primeiro encontrei. — Vamos correr pra lá, antes que acabe.

Em frente da Farmácia do seu Vicente formara-se uma boa fila. Víamos garotos saindo com máscaras de papel no rosto. O nariz ficava de fora e os deixava muito engraçados.

— Ah, ah, ah — ríamos com a coisa toda, que era bastante divertida.

Finalmente, de posse de minha amassada máscara, tive por um momento a sensação de que estava participando do Carnaval. Eu era agora um grande folião, igual a todo mundo, pronto a cair nos folguedos.

Voltando para casa, devidamente mascarado, corri a olhar-me no espelho. Então, a imagem de um autêntico Macaco-Simão acenou-me lá do fundo, com toda sua graça. Eu mal podia despregar os olhos dele.

Cantei baixinho, sorrindo comigo mesmo: "Atravessando o deserto do Sahara, o sol estava quente e queimou a nossa cara, Alá-lá-ô-ô-ô-ô-ô ...".

Não cheguei a ouvir os passos de mamãe, quando esta se pôs atrás de mim a observar minhas incríveis momices.

— Que é isso, meu Deus?

Olhei-a triste pelo espelho. Meu rosto, porém, oculto por aquela pobre máscara de papel, continuava tendo uma aparência alegre.

— É o Carnaval, mamãe.

O GUARDA-CHUVA DE MEU PAI

Não saberia dizer qual a idade dele, era um guarda-chuva que sempre estivera pendurado no porta-chapéus do vestíbulo, um tanto fora de moda, é verdade, mas em perfeito estado. Desde que me conheço por gente, meu pai fazia uso dele. Chamava-o carinhosamente de "meu umbrela", por influência provável dos jornais *idish* que recebia de Nova Iorque. Um nome que, pelo menos aos meus ouvidos, soava bem e lhe dava certa dignidade, certo *status*, embora não passasse de um reles guarda-chuva, igual a muitos outros. Tratava-o bem — com o respeito que nos merece um amigo — e aqui talvez estivesse todo o segredo de sua longevidade. Era este um dos pontos que ele defendia perante nós, membros da sua tribo: cuide bem de suas coisas, com zelo e afeto, que elas cuidarão de você para o resto da vida. O outro guarda-chuva, parceiro deste lá em casa, o de minha mãe, por exemplo, usado indiscriminadamente por todos, apresentava um sem-número de defeitos: rasgado em alguns pontos, varetas descosturadas e fora de lugar, o cabo não era mais cabo, etc., etc. Estava sempre em lugares diferentes, jogado a esmo, e quase nunca o encontrávamos. Dois guarda-chuvas, dois destinos.

Para que alguém de casa pudesse usar o primeiro, era preciso, sem dúvida, uma licença especial, além do fato de submeter-se a uma saraivada de conselhos e advertências, que por sinal já conhecíamos.

— Abra-o devagar, por favor; meu umbrela não é nenhuma banana que se vá descascando de qualquer jeito. Ao usar, segure-o com delicadeza, não o agite demais; meu umbrela não é nenhum vidro de remédio que se precise agitar. Antes de guardá-lo, enxugue-o bem, que ele merece. E sobretudo não esqueça de trazê-lo de volta para o seu devido lugar.

A deferência exagerada que tinha por ele, sempre nos deixava a todos espantados. Era coisa, porém, de se respeitar, sem fazer muitas indagações.

Eu, de minha parte, posso dizer que nunca gostei de guarda-chuvas e poucas vezes fiz uso deles. No entanto, uma manhã, preocupado com o horário de minha prova na escola, estava prestes a sair, quando despencou uma chuvarada. Meu pai saíra antes e não levara o seu precioso guarda-chuva. Como não me restasse alternativa, já que não encontrava o de minha mãe, num verdadeiro rasgo de ousadia tomei-o emprestado.

— Tão logo acabe meu exame, trago-o de volta — pensei comigo. — Ele nem vai notar.

Procurei seguir as recomendações que já ouvira tantas vezes: abri-o com cautela, não o agitei demais, usei-o com todo cuidado. Infelizmente porém, não sei como, fui me descuidar da última recomendação. Ao voltar para casa, dei-me conta de que o havia simplesmente esquecido na escola. Talvez pelo nervosismo daquela prova, ou por não estar acostumado com o seu uso, mas o fato é que eu o deixara em algum canto.

Com certeza, poderia recuperá-lo no dia seguinte; não era, pois, uma perda irreparável. Mas como justificar perante meu pai a minha incrível leviandade? Para todos os efeitos — era o que ouviria dele —, eu não passava de um sujeitinho, no mínimo, irresponsável.

A probabilidade de que ele, naquela noite, mais do que qualquer outra pessoa da casa, não fosse perceber a falta, devo dizer, era absolutamente remota. Mas foi o que justamente aconteceu: para meu grande alívio, não havia notado nada.

Na manhã seguinte, felizmente uma manhã de sol, voei para a escola à procura do precioso guarda-chuva. Pois aconteceu o que menos esperava: não o encontrei. Ninguém sabia dele, não havia o menor vestígio, sumira.

E agora? Está claro que o que mais me perturbava era o desgosto que esse fato iria causar a meu pai. "Perdi-o, pai, perdoe-me", era o que eu teria de lhe dizer. Eu via seus olhos e a sua expressão inconsolável: "Perdido, irremediavelmente perdido!" Não, ele não merecia isso.

Por mais que refletisse, não encontrava solução. De repente, porém, como um brilho no céu em meio a nuvens espessas e sombrias, surgiu-me uma idéia. Por que não adquirir um guarda-chuva igual e repô-lo no lugar do perdido? Por que não?! Nasceu-me uma esperança.

Corri para a fábrica do seu José, pai de um coleguinha meu, e, com o coração na boca, expliquei-lhe o caso. Mostrou-me todos os tipos — nunca em toda a minha vida meus olhos viram tantos — mas nenhum parecido com o de meu pai.

— Veja bem, deve ser um guarda-chuva antigo, já fora de linha — disse-me o fabricante, com toda a boa vontade.
— Quem sabe, ainda possamos encontrá-lo no fundo do depósito, venha comigo.

Vasculhamos caixas, reviramos prateleiras e, por fim, como se fosse um milagre, acabamos achando um irmão gêmeo. Era tal e qual, lá estava ele, virgem e novo em folha.

— Viva, seu José — gritei, sem me conter, numa explosão de alegria.

À noite, quando meu pai chegou do trabalho, desta vez, como era de esperar, bateu logo os olhos no guarda-chuva. Estranhou alguma coisa. Puxou-o para fora, examinou-o, cheirou-o e o repôs no lugar. Enquanto jantávamos, deliciei-me com uma observação que ele fez à minha mãe:

— Sabe, eu poderia jurar que o meu umbrela anda rejuvenescido. — E, abrindo-se num largo sorriso: — É a minha velha teoria! Desta vez, porém, eu mesmo acho que me excedi um pouco!

MARCELINO RAMOS

    Existem figuras da nossa infância das quais dificilmente nos esquecemos. Uma dessas, para mim, foi sem dúvida a do primo Faivl.
    Por força de seus negócios, ele, que fazia a praça de Quatro Irmãos, no Rio Grande do Sul, tinha de vir abastecer-se periodicamente em São Paulo, viajando pelo trem da Sorocabana. Essa viagem, naqueles tempos, era uma verdadeira odisséia: três noites e três dias. Os passageiros desembarcavam num estado curioso: estranhamente negros (ou pelo menos, mais escuros), roupas rigorosamente amassadas, olheiras profundas de carvoeiro, rugas por todo o rosto. Para Faivl, porém, não passava de uma brincadeira; ele até se divertia.
    Sua permanência entre nós (um gaúcho perdido em São Paulo) era relativamente curta, no máximo de cinco a seis dias, mas o suficiente para tirar o bom humor de meu pai e excitar o sentimento maternal de minha mãe.
    Acima de tudo, ele era um cara "esquecido", a *quetziche cop*, como dizia meu pai. Esquecia coisas por toda a parte e vivia procurando-as como um alucinado. Onde foi que

deixei o recibo? Onde está aquele cartão? Os óculos, juro que os deixei em cima desta mesa! Que diabo, não encontro a carteira no bolso do paletó!

Bem, o mencionado recibo estava no bolso do paletó. A carteira estava em cima da mesa, por debaixo do jornal. Os óculos tinham ficado no banheiro. O cartão, este não havia como encontrá-lo.

Diante de tanta confusão, meu pai, que era um tipo ordeiro e metódico, ficava maluco.

— Faivl, pelo amor de Deus, preste um pouco mais de atenção!

Minha mãe, compadecida, tentava desculpá-lo:

— É que ele tem muitos negócios na cabeça; até agora não descansou um minuto.

Faivl, ele próprio procurava se justificar:

— Juro, não sei como desapareceu o raio desse cartão! Foi justamente nele que anotei os tamanhos, as cores e as quantidades das calças e camisas que preciso comprar.

— Pense bem, Faivl, onde foi que você o deixou? — meu pai segurava-o pela lapela, não se dando por vencido.

Faivl metia a mão em todos os bolsos, e de cada bolso tirava dezenas de cartões, cartõezinhos, papéis e papeizinhos. Conferia-os um a um, comentava alguns deles e enfiava-os de volta, sem nenhum resultado.

— É como se um diabinho o escondesse de mim — dizia, transtornado, com cara de quem chupou limão.

— Dê uma olhada no criado-mudo, ao lado da cama — pedia-me meu pai, a mim que assistia a tudo isso entre perplexo e admirado.

Eu voltava correndo, agitando o tal cartão no ar.

— Estava lá?! — exclamava Faivl, ainda incrédulo. — Mas que coisa, meu Deus! Como foi ele parar no criado-mudo?! Esse menino é um prodígio!

Meu pai, um espírito atilado, me mandava para os mais diversos lugares da casa, e eu acabava sempre voltando com alguma coisa. Assim foi com aquela pasta de notas fiscais que estava debaixo da cama; com aquele pequeno mostruário de tecidos que Faivl jurava ter esquecido em alguma loja da José Paulino, mas que, na verdade, deixara no guarda-roupa; com aquela caneta Parker que ficara esquecida na mesa da copa, etc., etc.

Talvez por isso, quando meus pais andaram cogitando de me enviar ao Sul, para passar as férias do fim de ano, na colônia de um de meus tios, Faivl não teve dúvidas em retribuir-me com a sua gratidão.

— Levo-o comigo — propôs ele. — Esse menino merece.

Minha mãe achou boa a idéia, mas meu pai assustou-se.

— Podem deixá-lo por minha conta — insistiu Faivl. — Vou cuidar dele como se fosse a minha própria sombra.

Depois de muita discussão, a minha viagem foi finalmente aprovada, a despeito do voto contrário de meu pai.

— Eh, eh, eh — riu-se Faivl. — Ele está com medo de que eu perca o seu filhinho!

— Se você repetir isso outra vez, ele não vai, entendeu? — interrompeu-o meu pai, de cara fechada.

Pontualmente, às cinco horas da tarde, quando o trem da Sorocabana deveria partir, Faivl apareceu-nos em casa, feito um doido. Eu e meus pais, que o esperávamos agoniados, não compreendíamos nada.

— Depressa, depressa, onde estão as malas? — gritou ele. — Consegui um táxi que nos levará à Estação da Barra Funda, a tempo de alcançar o trem.

Foi, realmente, um desespero, mas, acreditem, pegamos o trem.

Prevenido pelo meu pai, passei o resto da viagem cuidando do Faivl. Eu estava sempre um passo atrás, recolhendo o que ele esquecia, e abrindo bem os olhos, sobretudo, nas estações, quando havia baldeação e tínhamos de transferir a bagagem.

— Na Estação de Marcelino Ramos — confiou-me Faivl —, o trem vai fazer uma escala demorada. Aí poderemos almoçar feito lordes. O restaurante é uma beleza, conheço-o muito bem.

— E a comida que a mamãe nos preparou, Faivl?

— A comida de sua mãe é ótima, mas não agüento mais nem olhar para as sardinhas. Vamos comer feito lordes, você merece — ele repetiu, sorrindo para mim.

Essa novidade deixou-me preocupado. Muita gente desceu à Estação, com o entusiasmo e o alarido de quem há muito não desce de um trem. Eu e Faivl nos dirigimos ao restaurante. Da mesa que escolhemos, felizmente dava para avistar nosso trem, o que me deixou sossegado. Meu primo estava generoso, pedia vários pratos e não tinha nenhuma pressa.

— Não se preocupe, a parada em Marcelino é de uma hora inteira.

Ele comia com gosto. De minha parte, no entanto, o tempo todo não podia desgrudar os olhos do trem.

— Agora, vamos pedir uma boa sobremesa e, depois, os cafezinhos, tá? — disse ele, mal e mal contendo um arroto.

O garçom anotou o pedido e saiu num passinho lerdo. Eu estava morto de impaciência.

— Vou ao banheiro, mas volto já — disse-me meu primo, erguendo-se da cadeira. O filho da mãe ostentava um incrível ar de confiança.

— O trem pode partir.

— Não se preocupe, temos muito tempo pela frente.

No momento em que o trem começou a se mover e a bufar, corri desesperado ao banheiro.

— Faivl, o trem está se mandando.

— Que nada! A locomotiva vai apenas beber água, entendeu? Daqui a pouco, volta.

Bem, o trem não voltou e ficamos duas noites em Marcelino Ramos. Uma cidadezinha interessante!

L'UOMO FINITO

Ainda garoto de ginásio, comecei a tomar conhecimento, sem nenhum receio, dos "clássicos" da literatura. Diante da quantidade incrível de autores, tomara uma decisão heróica: primeiro, ler os já consagrados, do passado; só depois, é que desceria aos contemporâneos ou atuais. No entanto, olhando para o número infindável daqueles livros, nas estantes da Biblioteca Municipal, concluía agoniado que dificilmente chegaria à segunda etapa.

Coisa curiosa é que não me preocupava de estarem ou não acima de meu entendimento. Eu apenas sabia que dentre os autores russos, precisava ler Gogol, Turgueniev, Tchekhov, Tolstoi e Dostoievski. Da literatura alemã, Schiller, Heine, Goethe e Hoffman. Dos ingleses, Shakespeare, Bacon, Dickens e Conrad (felizmente, ainda não ouvira falar de James Joyce; só me veio cair nas mãos, casualmente, uns três ou quatro anos depois). Dos franceses, havia os nomes de Voltaire, Rabelais e Balzac. Da literatura portuguesa, lamentavelmente, graças às aulas de "Análise Léxica e Lógica", recebera tamanha dose cavalar de Camões, que me pus em franca antipatia com o famoso bardo caolho, a ponto de só voltar a ele muitos anos mais tarde.

Um dos meus grandes problemas era encontrar tempo para esse tipo de leitura. As aulas de manhã e as tarefas das lições de casa, à tarde, não me davam muita oportunidade. Ou por outra, o tempo que me sobrava, na minha opinião, não era o suficiente para aquilo a que me propusera. Comecei, pois, a invadir os outros horários, com sérios prejuízos para estes últimos. Em vez de descascar um teorema de Geometria Plana, lá ia eu passar fome e angústia em companhia de Raskolnicof. Em vez de decorar os indefectíveis verbos irregulares do idioma francês, que sempre caíam nas "provinhas" mensais, perdia-me no meio da multidão de personagens de Balzac. Em vez de fixar na memória o *hic, haec, hoc* da gramática latina, me impressionava com o raciocínio incrível de Sócrates, naqueles diálogos narrados por Platão (isto é, só me impressionava; entender, isso já era outra coisa). Em vez de chorar com as notas baixas do boletim, chorava com as desventuras de Oliver Twist.

Como é que cheguei a esses autores? Alguns me vieram às mãos através das bibliotecas modestas de certos parentes (descobri *Recordações da Casa dos Mortos*, jogado no fundo do armário de um tio meu; *Memórias Postumas de Brás Cubas*, no baú de quinquilharias de um primo que era *clientelchik* etc.); outros, através da Biblioteca Municipal Circulante, que começava a funcionar naquele tempo; e muitos outros, graças ao "Clube do Livro", do Mario Graciotti, que punha ao alcance de qualquer um, por uma verdadeira bagatela, as grandes obras-primas da literatura. É evidente que tive de os reler mais tarde, a fim de realmente desfrutá-los e, sobretudo, começar a entendê-los. Mas, valeu. Sem dúvida, havia alguma coisa mágica neles que de algum modo me prendera desde o início, apesar da minha limitada e tão insignificante percepção.

Como já disse, o "Clube do Livro" foi para mim a grande fonte. Todo o mês chegava-me às mãos um livro. Não me era suficiente, está claro, mas ele podia ficar em minha modesta estante tanto tempo quanto eu quisesse, ao contrário dos outros que, necessariamente, precisavam ser devolvidos. Lá estavam, para meu orgulho, lado a lado, *Novelas Exemplares* de Cervantes, *Os Cossacos* de Tolstoi, *O Jogador* de Dostoievski, *Um Começo de Vida* de Balzac, *Nossa Senhora de Paris* de Hugo.

Um dia, de manhã, já ao sair para a escola, me foi entregue um livro, cujo autor me era totalmente desconhecido: *Um Homem Acabado*, de Giovanni Papini. Enfiei-o na pasta dos livros escolares que trazia comigo. No bonde, comecei a folhear as primeiras páginas. Na introdução, escrita por Cândido Mota Filho, outro desconhecido para mim, pude ler que se tratava de um autor célebre, "um dos mais ardorosos guerrilheiros do espírito novo que hoje domina a Itália". Não era exatamente dos autores que faziam parte do programa a que me havia proposto, mas, enfim, como se tratava de alguém selecionado pelo "Clube", e, como já estava em minhas mãos, não me custava lê-lo. Ainda de acordo com aquela introdução, *L'uomo finito* representava a obra-prima do seu autor: "... é a obra sua mais carregada de angústia, mais ensopada de dor e, por isso mesmo, obra de mais sentimento". "*Dove piú sentimenti piú martirio*, dizia o grande Leonardo...", arrematava Cândido Mota, deixando-me, no mínimo, curioso.

Durante uma das aulas, não me lembro se de Latim ou de Ciências, absolutamente chata, retirei o livrinho e, disfarçadamente, comecei a lê-lo. Disfarçadamente, porque, está claro, não desejava que o inspetor (naqueles tempos remotos, havia um inspetor de disciplina em cada classe) me fosse surpreender com a mão na botija. O livro de um modo geral não me pareceu grande coisa (ah, juventude insolente!), mas, sem dúvida, muito mais interessante do que aquela enfadonha aula. Tratava-se de uma espécie de autobiografia, se assim posso dizer. Logo, no capítulo inicial, denominado "Um meio retrato", a primeiríssima frase é bem provável que me tenha de fato seduzido e levado para as restantes: "Nunca fui criança; não tive meninice". E de tal forma acabara me concentrando na leitura, que não me dei conta quando o diabo do inspetor aproximou-se de mim e, num gesto rápido, apreendeu o livro.

Conduziu-me ao gabinete do temido Inspetor Geral, que era o nosso Torquemada. Após um terrível quarto de hora, aguardando na ante-sala a entrevista com o inquisidor, fui introduzido na sua presença. Encontrei-o atrás da mesa de trabalho, recostado na poltrona, com o meu livro na mão. Folheava-o lentamente e parava numa ou noutra página, como que procurando alguma coisa. Finalmente, pela primeira vez, levantou a cabeça e, me fixando sério nos olhos, perguntou:

— É pornográfico?

J'ACCUSE

Naqueles tempos durante o mandato inglês na Palestina, quando a imprensa começou a noticiar as dificuldades dos mandatários em controlar a situação cada vez mais explosiva, isso deixou irritado o nosso professor de Geografia, que era anglófilo. Conhecíamos sua velha paixão pelas coisas da Inglaterra (o Império Britânico tão decantado por Kipling), mas ninguém poderia supor que ela o transtornasse a ponto de convertê-lo num anti-semita fanático. Por isso, nossa primeira reação foi de puro espanto quando soubemos que, numa de suas aulas aos alunos de outra série, ele teria dito uma frase terrível:

— Foi pena Hitler não ter liquidado todos os judeus.

Considerávamos o professor Muniz um homem culto, educado, incapaz de molestar a quem quer que fosse. Profundo conhecedor de sua matéria, ganhara a cátedra com justo mérito, num concurso do qual haviam participado numerosos colegas de todo o Estado. Não havia quem não gostasse de suas aulas, interessantes, curiosas, dinâmicas; e ele, um velhinho simpático, sorridente, manso, sempre disposto a conversar com os alunos, era admirado por todos. Por isso, a notícia nos pegou totalmente desprevenidos. "Não, não pode ser", dizíamos uns aos outros.

Éramos ao todo, em nossa classe, uns cinco a seis garotinhos judeus. Ainda traumatizados pelo pouco que sabíamos do incrível holocausto, de cuja realidade o mundo tomava conhecimento, aquela frase na boca de um professor, a quem aprendemos a admirar e com quem convivíamos diariamente, deixou-nos em virtual estado de choque. Reunidos no pátio do recreio para analisar o assunto, levantamos diversas hipóteses: o homem tinha pirado, talvez fosse sintoma de uma decrepitude precoce, ou, quem sabe, nada disso fosse verdade, as informações teriam sido exageradas. A coisa toda parecia-nos inconcebível: "Ora, logo o Muniz! Não, não pode ser!"

— Se ele repetir diante de nós o que já disse em outra classe — propôs Nuchem, que era o nosso coleguinha mais velho —, não podemos ficar quietos.

O que, por fim, acabamos resolvendo poderia custar-nos a própria expulsão, em se tratando de um Ginásio como este, famoso pelas regras e normas rígidas de disciplina. Isso, porém, pouco nos importava; tínhamos uma dívida maior com aqueles que, um dia, infelizmente não puderam fazer nada e tinham sido calados para sempre.

— Foi pena Hitler não ter liquidado todos os judeus — a frase foi repetida, no meio da aula, friamente, sem omitir uma única palavra.

Ao pronunciá-la, havia nos olhos do professor Muniz o brilho de uma chama que nunca tínhamos visto.

Então, era verdade. Ele tinha um ódio mortal de nós. Mas por que, meu Deus? Que mal lhe havíamos feito?

— O senhor é um filho da puta —, este foi todo o discurso do Nuchem.

Diante do espanto da classe inteira, garotos de 14 a 15 anos, nosso pequeno grupo levantou-se e, em silêncio, começou a dirigir-se à porta.

— Vermes! Vocês serão todos expulsos — aquele grito histérico parecia vir de longe, muito longe, mal podíamos ouvi-lo.

Nunca em toda a história do tradicional Ginásio do Estado passara-se coisa semelhante. O fato de sermos imediatamente convocados ao gabinete do Diretor e não ao do Chefe de Inspetores de Disciplina indicava a gravidade do caso.

Dr. Damy, que dirigia o Ginásio havia vários anos, tinha a fama de ser bastante rigoroso, porém absolutamente justo. Ouviu-nos com a expressão compenetrada de quem se encontra diante de um dilema. Como nesse tempo os catedráticos fossem vitalícios e intocáveis, sabíamos que, mesmo não concordando com a posição e o comportamento daquele professor, ele nada poderia fazer. Por outro lado, tinha havido uma grave quebra de disciplina por parte de alunos, a qual não poderia passar sem a devida correção. Em outras circunstâncias, ele não hesitaria: teria aplicado a pena máxima da expulsão.

— Podem retirar-se — disse-nos, sem fazer comentários.

Fomos suspensos por quinze dias. Perdemos provas e alguns de nós, prejudicados pelas faltas e pela perseguição, não puderam recuperar-se, perdendo o ano. Um desses colegas, o Israel, a quem apelidávamos de "Careca", teve de abandonar os estudos e passou a trabalhar com o pai. Não foi nada de terrível, o Comércio ganhou um excelente comerciante.

O caso, porém, não ficara sem registro. Por poucos dias, andou circulando na velha escola um panfleto manuscrito, cuja tiragem máxima chegara a cinco ou seis exemplares, e que, no seu primeiro parágrafo, começava assim: "Eu acuso...". Que me perdoe o plágio o ilustre colega francês, mas o mar, nesse duro período, não estava pra peixe.

DITOS QUE OUVI NO PLETZL (I)

Captei-os certamente em toda a parte. Eram repetidos por pessoas do povo, em suas conversas ou discussões, nas lojas, nos bares, nas ruas, nas sinagogas, nos açougues, no saguão dos cinemas. Reforçando argumentos ou justificando atitudes. Conforme as conveniências, seus autores davam-se o direito de introduzir pequenas alterações ou, às vezes, até mesmo grandes. Mas tão grandes a ponto de inverter seu sentido.

*
Quem lida com mel, sempre tem chance de um lambida.
*
Modéstia em excesso não deixa de ser meia vaidade.
*
Para matzes e mortalhas, sempre se arranja o dinheiro.
*
Não te preocupes com o amanhã quando ainda tens o hoje para te preocupar.
*
De que te vale uma boa cabeça, se tuas pernas não a sustentam.
*
Engana-se quem pensa que pode viver sem o próximo.
*

Falsos amigos são como aves de arribação: fogem no inverno.

*

O medo da desgraça é bem pior do que a própria desgraça.

*

Para o ignorante, a velhice é o inverno; para o sábio, a estação da colheita.

*

Um remendo feio é ainda mais útil do que um buraco lindo.

*

Mais vale a pior das pazes do que a melhor das guerras.

*

O passo do asno corresponde ao tanto de cevada que lhe dás.

*

É mais fácil enfrentar a desgraça bem alimentado do que com fome.

*

A vida é uma pechincha, nós a temos de graça.

*

Guia teu cavalo com aveia, não com o chicote.

*

Boas notícias se ouvem de longe.

*

De longe podes enganar os outros, de perto só a ti mesmo.

*

Se tens fama de madrugador, podes dormir até tarde.

*

As orações sobem, as bênçãos descem.

*

No alfaiate sempre encontras um fio de linha.

*

A vida não passa de um sonho, mas cuidado para não acordar.

*

Sorte do ignorante é ele não saber que não sabe.

*

Isso vai te ajudar tanto quanto ventosas a um cadáver.

*

Para ser um bom mentiroso é preciso ter boa memória.

*

A verdade é tão pesada que poucos a suportam.
*
Se fabricas freio para teus animais, com maior razão para teus impulsos.
*
Na casa de banhos, todos nós somos iguais.
*
Quem engana o peixe não é o pescador nem a vara, mas a minhoca.
*
No fundo do espelho tens o teu melhor amigo.
*
Amizade que não foi testada não é amizade nem nada.
*
Quando o sábio erra, erra pra valer.
*

O CACHO DE BANANAS

Essa me aconteceu naquela quadra da vida que se costuma chamar de "incendiária", em que se quer reformar o mundo nem que seja na marra. Com dezessete anos, quem já não teve esses sonhos que me atire a primeira pedra.

Nesse tempo glorioso, fazia eu parte de um movimento juvenil de caráter sionista-socialista, e tirava de letra com rara precisão Ber Borohov, Engels, Marx, Berl Katzenelson e Rosa de Luxemburgo, sem falar de outros luminares da mais avançada ideologia. Meus companheiros e companheiras, como eu, sonhávamos realmente muito alto. Tínhamos, então, como chave e princípio rígido da complexa interpretação da História, o Materialismo Histórico, este baseado na dialética hegeliana. Andávamos com o livro de Max Beer debaixo do braço, com a sua *História do Socialismo e das Lutas Sociais*, e achávamos que até mesmo Deus, quando fez o mundo no curto espaço de sete dias, teve lá suas "razões econômicas". Estudávamos e debatíamos esses ideólogos até à exaustão.

Às vezes, quando eu trazia para casa a nossa nova "escala de valores", que se chocava frontalmente com a da assim chamada classe burguesa, meu pai, que me sustentava, dizia sem rodeios:

— Esse garoto não tem o menor senso prático. Se ele precisasse ganhar a vida, não sei se seria capaz de vender um cacho de bananas.

Confesso que tal afirmação de meu velho me deixava meio encucado. Por isso, quando surgiu em nosso movimento a campanha de vendas de "bônus", que se destinava a ajudar nossos irmãos que lutavam pela implantação do novo Estado de Israel, fui um dos primeiros a me oferecer.

— Não será um cacho de bananas que irei vender, mas, sim, uma idéia — pensei comigo.

Eu e uma companheira fomos escalados como par para fazer o setor da cidade. Ao lado de cada um dos nomes da lista que tínhamos em mão, havia, além do endereço, sumárias informações, tais como, capacidade financeira, caráter, etc., etc. O primeiro que a encabeçava era um tal de Pasternac e, a respeito do seu caráter, como pude ler curiosamente, vinha este definido com uma simples frase: "comerciante empedernido". Tínhamos recebido instruções gerais de como esclarecer o contribuinte em relação ao elevado objetivo da campanha, e da necessidade de sua colaboração efetiva neste momento delicado da história do nosso povo. Quanto ao *modus operandi*, cabia a cada um utilizar o seu estilo e a sua imaginação.

— Pode deixar esse Pasternac por minha conta — disse eu à minha companheira, esta um tanto preocupada, quando estávamos diante da porta do escritório, em nossa primeira experiência. — Eu cuido dele.

Na verdade, pesava-me na cabeça, como desafio inconfessável, a ironia de meu pai, com o seu tremendo cacho de bananas. Eu tinha de provar a ele alguma coisa, e aí estava a minha oportunidade. Por isso, ao planejar previamente o discurso que iria despejar sobre os contribuintes, com todo o cuidado que o caso merecia, cuidei também de uma estratégia a mais, mediante a qual pudesse realmente conquistá-los. Tratava-se de uma dessas lições de psicologia de comunicação que eu aprendera recentemente num livro da moda e que me parecera bastante eficaz: "Lembre-se, o som mais doce e mais importante para qualquer homem é o seu próprio nome". Eis a minha arma.

— Não se preocupe — frisei de novo para a minha assustada companheira, antes de entrar. — Sei o que vou fazer.

Quando solicitei à secretária que nos levasse ao chefe da empresa, o homem que estava de pé, ao lado dela, disse secamente:

— É comigo, podem entrar na minha sala.

Ele sentou-se numa poltrona, atrás de uma grande mesa atulhada de papéis, e ficou esperando. Então, era este o "comerciante empedernido" a quem me cabia convencer? Sinceramente, não me pareceu nenhuma fera. Limpei a garganta e comecei com a palavra mágica:

— Sr. Pasternac.

Seus olhos frios não demonstravam nenhuma emoção. Não lhe dei tempo, fui em frente. Modéstia à parte, meu discurso tinha estilo. Historiei rapidamente o objetivo da campanha, sempre com o nome dele no fim de cada frase, e entrei firme na parte sentimental.

— Nosso povo, depois de 2000 anos, não pode ser desapontado, Sr. Pasternac. É preciso aproveitar o momento.

Encantado e comovido com minhas próprias palavras, alonguei-me aqui e ali, e cheguei finalmente ao que se denomina o *gran-finale*, este fechando bombasticamente o discurso com uma pergunta que deixei no ar:

— Diga-me, Sr. Pasternac: o senhor já se deu conta de que adquirir esses "bônus", em vista do momento histórico em que vivemos, representa para o senhor muito mais um privilégio do que uma obrigação, hein, seu Pasternac?

Fez-se silêncio. Naquele instante eu estava absolutamente certo de ter vendido o meu cacho de bananas. De fato, após um breve momento, que me pareceu uma eternidade, ele separou um carnê completo de "bônus" e disse:

— Fico com eles, o senhor não é mau vendedor. Mas quero que saiba: mudei-me para este escritório há pouco tempo, e não me chamo Pasternac.

ESTE MUNDO É UM PANDEMÔNIO

Nesse tempo de estudante, quando freqüentava a Biblioteca Municipal, ocasionalmente travei conhecimento com alguns leitores muito interessantes.

Entre os diversos estudantes que ali acorriam, eu havia reparado, especialmente, num que era dos mais assíduos e que ficava o tempo todo debruçado sobre os livros. Roupa modesta, impecavelmente limpa, cabelo curto, rosto magro e anguloso, seus olhos escuros tinham um ar de grande serenidade.

O que primeiro me chamara a atenção para ele fora, sem dúvida, essa sua capacidade de se concentrar na leitura, como se não existisse mais nada a seu redor. Só a interrompia para fazer algumas anotações no caderno que trazia consigo; depois, voltava a se concentrar. Metodicamente, levantava-se três vezes: a primeira, às dez da manhã, para uma esticada de pernas no saguão da entrada; a segunda, às 12 horas, para um rápido lanche, que era o seu almoço; e a terceira, às 16 horas, para uma nova esticada de pernas. Às 18 horas, precisamente, erguia-se, devolvia os livros e ia embora.

Um dia, tendo de passar pela mesa dele, num daqueles breves intervalos em que estava ausente, não pude me esquivar de bater os olhos no livro que ali deixara, podendo ler claramente na lombada o nome do autor: Sigmund Freud. Pareceu-me que o título da obra fosse qualquer coisa como *Psychopathologie*... Então, era esta a sua especialidade — pensei comigo —, quem diria?!

Tantas vezes encontrei-o no saguão que, com o tempo, começamos naturalmente a nos cumprimentar. Mais tarde, mais por iniciativa minha, trocamos algumas palavras, embora sentisse muita reserva da parte dele.

— Então, é estudante de medicina? — perguntei-lhe, lembrando-me do livro que vira na mesa.

— Não, não sou. Suspendi o curso no 4º ano.

— Estuda, sozinho?! — surpreendi-me.

Outra ocasião, depois de nos cumprimentarmos, tentei fazer humor em torno do assunto que supunha ser-lhe bastante conhecido.

— Este mundo é um pandemônio — eu disse, rindo. — Se formos ver bem, não sobra nenhum sujeito bom da cabeça.

Ele mostrou-se sério, não me dando resposta. A partir daí, durante todos os encontros, que eram breves, como que pretendendo provar-me a seriedade do assunto, entrou a me prestar informações de tudo quanto andava acontecendo no campo da Patologia, matéria em que eu era absolutamente jejuno.

— Os grandes progressos da Psiquiatria, a bem dizer, se operaram a partir do começo deste século — destacava. — É, portanto, uma ciência muito nova, que ainda está engatinhando.

Falou-me, de início, a respeito do empenho dos fisiologistas, como foi o caso do Dr. Manfred Sakel, que se utilizou pela primeira vez do choque insulínico no tratamento da esquizofrenia. Depois, reportou-se às experiências de Ladislau von Meduna, que se valeu do Metrazol, em lugar da Insulina. E do tratamento pelo choque elétrico, coisa já espalhada por todos os hospitais, e, até mesmo, dos milagres cirúrgicos.

— Naturalmente, não há remédio ou tratamento que dê cem por cento de resultado, nem mesmo algo que se aproxime disso — esclareceu-me, com um sorriso.

Mas foi quando começou a falar dos mestres da Psicanálise, Freud, Adler, Jung e outros, que senti realmente para qual dos lados ele pendia. Ao deter-se neles, pululavam em sua boca, com ostensivo fascínio, palavras tais como narcisismo, catarse, sublimação, evasão da realidade, fixação, medo de castração, superego, libido, vontade-de-poder, complexos de superioridade e inferioridade, mecanismos de escape, arquétipos. Cada uma delas, um autêntico chamariz de publicidade.

Notei o quanto sua linguagem era culta, cheia surpreendentemente de frases e pensamentos dos antigos filósofos gregos. Costumava mencionar, com visível ternura, a Idade de Ouro em que estes viveram.

— Veja bem — disse-me —, trata-se da Idade de Ouro, não a do Ouro.

Esse seu jeito me intrigava muito. Bastante reservado quanto à questão pessoal, que contornava delicadamente, pouco ou quase nada eu sabia a respeito dele. Por que será que suspendeu o curso de medicina? Era esta uma das questões que mais me incomodava.

— Mora longe? — perguntei-lhe, um dia.

— Moro na casa de minha irmã, no Jabaquara.

Só isso. Despediu-se e voltou logo aos seus livros. De qualquer modo, era uma pessoa agradável e serena. Dava-me a impressão de um sujeito correto, de bem com o mundo e consigo próprio. Um puro intelectual, em busca de sua verdade.

Estávamos, assim, uma manhã conversando, num desses curtos intervalos, quando ele acabava de me dizer:

— As doenças mentais, embora ainda no limiar dos estudos e das pesquisas, estão uma a uma se tornando curáveis. Não está longe o dia em que os médicos que tratam de nossos cérebros enfermos possam encarar as chances de recuperação dos seus pacientes tais como aqueles que cuidam de seus corpos enfermos.

Nisto, da parte externa do saguão, dois homens de avental branco aproximaram-se de nós.

— O senhor pode vir conosco? — disse-lhe um deles, num tom delicado. — Estamos com o carro aí fora.

Ele examinou-os lentamente; pensei que fosse reagir, mas não.

— Está bem, irei com vocês. Dão-me licença de devolver os livros que deixei sobre a mesa? — perguntou.

— Não, o senhor tem de vir conosco, agora.

Os três partiram, então, em silêncio, como que cuidando para não perturbar a ordem do ambiente. Temeroso, afastei-me da Biblioteca por vários dias. Nunca mais tornei a vê-lo.

O PRIMO DA ESQUERDA

A visita que nos viria fazer, nos próximos dias, o primo gaúcho, Gabriel, a quem eu ainda não conhecia, deixou meu pai um tanto inquieto.

— Veja bem, o Gabriel é um bom rapaz — achou ele oportuno me dizer —, mas tem lá suas idéias extremistas. Não convém tocar em assuntos políticos com ele.

Soube que era estudante de medicina — um talento extraordinário, esclareceu-me minha mãe — e, como quisesse conhecer São Paulo, aproveitava as férias, para passar alguns dias conosco. Não havendo disponível mais ninguém lá em casa, fui designado o seu cicerone.

Logo de início, já nos primeiros contatos, percebi que era um sujeito meticuloso. Não se contentava com informações vagas, queria respostas precisas.

— Quantas pessoas vivem em São Paulo? — perguntou-me. — Quantas famílias judaicas? Quantos hospitais existem? Quais os melhores hotéis? Quantos parques?

Não me foi fácil satisfazer-lhe as curiosidades, por mais que consultasse almanaques e manuais de geografia. Atolado em números e mais números, a certa altura achei melhor ser franco e confessar-lhe que não sabia isso ou aquilo.

Acompanhei-o a vários lugares. Fomos ver as cobras do Butantã, a livralhada da Biblioteca Municipal, os antigos solares dos barões do café, na avenida Paulista. Visitamos muitos monumentos. Levei-o ao Museu do Ipiranga (nesse tempo, não havia Masp, nem MAM, nem Bienal).

— Onde fica o rio? — perguntou-me.

— Que rio?!

— Ipiranga, esse do grito da Independência.

Por via das dúvidas, dei uma olhada ao redor e, depois, já com convicção:

— Secou, não há sequer vestígio dele — foi a primeira vez que lhe dei uma informação precisa (e creio que exata).

Finda a visita ao Museu, perguntou-me:

— Quantos cinemas tem São Paulo?

— Só na cidade?

— Sim, só na cidade.

— Não sei.

— Quais os mais luxuosos?

— Metro, Art-Palácio, Ipiranga, Ritz, Ópera.

Lá fomos nós ao centro. Quis saber o comprimento da avenida São João, quantos andares tem o edifício Martinelli, em que ano foi construído o prédio dos Correios e Telégrafos, etc., etc. No que diz respeito ao edifício Martinelli, para não lhe dar uma resposta aproximada, acabei contando o número de pavimentos.

— Quem o construiu?

— Acho que foi o próprio Martinelli, não tenho certeza.

— Como é o nome completo dele?

— O primeiro nome? Não sei.

A essa altura, eu já andava meio complexado, minhas respostas vinham todas gaguejadas e começava a considerar-me um poço de ignorância.

— Agora vamos visitar os cinemas — declarou-me.

— Você quer vê-los por fora? — perguntei por perguntar.

— Não, quero vê-los por dentro. Que adianta vê-los por fora?

— Bem, aí teremos de pagar ingresso.

Não titubeou um segundo e, dirigindo-se à bilheteria do Ritz, comprou um par de ingressos. Desse modo fomos de cinema em cinema. Entrávamos, dávamos uma volta, olhávamos a tela e tudo quanto merecesse ser olhado, e rapidamente saíamos. Filme, está claro, não assistimos a nenhum. Se coincidisse com algum intervalo, aí podíamos contemplar as cortinas, as poltronas de veludo e ouvir a música que soava por todo o ambiente (não sei quantas vezes ouvi a *Dança das Horas*, de Ponchielli).

Esse Gabriel começava a me intrigar. Então, era esse o sujeito com quem eu não deveria conversar sobre política?!

— Eis o mundo burguês em que vivemos — meti, de repente, essa observação, sem me conter.

Ele não reagiu. Voltei ao assunto, com mais clareza, e entrei a falar de alguns livros de caráter ideológico que havia lido, só para sentir a sua opinião. Quando mencionei *O Zero e o Infinito*, de Koestler, e estava citando um pensamento de Rubachov, interrompeu-me.

— Arthur Koestler é um vendido. Você devia ler autores mais autênticos.

Comecei a compreender o que meu pai me havia dito. Nesta área, era um tipo que não admitia polêmicas. Tentei mais alguma coisa, mas ele me cortou de novo a palavra:

— Tudo não passa de propaganda paga regiamente pela burguesia.

Mudamos de assunto. Voltou a ser o *gentleman* amável, apenas interessado no turismo e nas coisas boas de São Paulo. Ainda mais tarde, quando comentei casualmente determinada notícia de jornal, fez-me uma nova observação:

— Você não deve esquecer que tanto este jornal como os demais que veiculam tais notícias refletem o pensamento e os interesses dos seus proprietários burgueses. É preciso aqui separar o joio do trigo.

Impressionou-me a sua firmeza. Resolvi não tocar mais no assunto. No outro dia, pediu-me:

— Eu gostaria de conhecer a praia de Santos e, se der tempo, também o porto.

Conformei-me com mais esta chateação — afinal, ele esbanjava o seu próprio dinheiro — e fomos bem cedo à Estação da Luz, onde tomaríamos o trem. Entramos na fila para comprar os bilhetes.

— Espera um pouco — pegou-me ele pelo braço —, estamos na bilheteria errada. Esta só vende bilhetes de segunda-classe.

— Você quer comprar de primeira?!

— Está claro.

— Mas é de segunda que viajam os proletários!

Ele sorriu, apiedando-se de minha santa ignorância.

— Não, você não está entendendo o problema.

Enquanto nos dirigíamos ao vagão de luxo, fiquei resmungando e repetindo comigo mesmo algumas vezes:

— Ah, esquerdismo fresco!

NÃO SE META

Paguei caro aquela carona. Meu amigo Jablonski, que tem um belíssimo carro, ao me ver sem condução, fez-me o convite com um só propósito. Descarregar em alguém sua dor-de-cotovelo. Se eu soubesse, não teria aceito. Não conheço coisa mais cacete do que ouvir choradeira de um Romeu frustrado. A viagem do Rio para São Paulo não é longa, mas, para mim, pelo jeito, poderia durar o dobro do tempo.

— Sabe quantos anos namorei a Rosinha? — começou ele. — Exatamente três anos e vinte dias. Você conhece bem a Rosinha, não é?

— Claro.

— É um amor de menina, íamos noivar no próximo mês. Não sei o que deu nela.

Ele caiu no choro. Quanto mais chorava, mais pisava no acelerador; era um ronco só. Tive de segurar-me firme. Sinceramente, eu não sabia o que lhe dizer.

— É coisa do destino, meu caro — tentei.

— Não me fale em destino, pelo amor de Deus.

— Está bem, não se fala mais no assunto.

— A verdade é que nossos temperamentos são diferentes, não ia dar certo. Bem que eu tentei.

Caiu de novo em convulsão. A coisa estava séria. Comecei a ficar com dó de meu amigo Jablonski, achando que devia fazer algo de fato.

— Uma moça maravilhosa, a Rosinha — disse-me com lágrimas nos olhos.

— Nem tanto — retruquei.

— Como assim?!

— Pelo que sei, ela tinha alguns defeitos.

— Quais?

— Defeitos de caráter. Tipo da moça em quem não se pode confiar inteiramente.

Pelo menos, os soluços cessaram.

— Não diga! Nunca suspeitei de nada. Achava-a adorável, uma beleza. Um espírito ideal, um corpo invejável.

— Nem tanto.

— Como assim?!

— Bunda chata.

— Bunda chata? Ora essa, nunca reparei.

— Pudera, você estava apaixonado. E as unhas?

— Que que há com elas?!

— Sempre de luto, pouco asseadas.

— Não sei se você sabe: ela é ceramista, escultora, usa os dedos — tentou esclarecer-me.

— Mesmo assim — insisti.

— Puxa, nunca reparei.

— Acho que, afinal, você se livrou de um abacaxi, meu caro.

Meu amigo Jablonski começou a dar alguns sinais de alívio. Seu rosto tomou nova expressão. Continuei a martelar.

— Você reparou na cara da mãe dela?
— Que que tem a cara da mãe?!
— Filha e mãe terão a mesma cara daqui a alguns anos.
— Meu Deus, nunca reparei.

O que não se faz por um amigo?

— Olha, tem uma porção de garotas boas à nossa volta, é só esticar o braço. E, cá entre nós, muito superiores à Rosinha. Você é o tipo que agrada a elas.
— Você acha?

Pelo seu tom de voz, achei que meu esquema estava dando certo. Mais alguns quilômetros, e meu amigo já começava a rir. Chegamos a trocar piadas. Por via das dúvidas, ainda deixei cair mais uma ou duas alfinetadas em cima da pobre Rosinha. Eu o fiz pelo Jablonski.

— Sabe — disse ele —, foi bom termos viajado juntos, você me abriu os olhos. Não quero mais saber da Rosinha. Para mim é caso encerrado.

Minha missão estava cumprida. O resto da viagem correu excelente. Despedimo-nos com um grande abraço.

— Olhe, não sei como agradecer — gritou-me de longe, bem humorado.

Dois meses depois, Jablonski fez as pazes com a Rosinha. Em seguida, noivaram e casaram. Todos os amigos foram convidados. Está claro, todos menos eu. Foi um belíssimo casório, pelo que me disseram.

O DÉCIMO HOMEM

Max não gozava de bom conceito entre nós, mas ele me divertia muito com suas histórias. Largara cedo os estudos para poder trabalhar, desde que o pai dele, vítima de um acidente, tornara-se inválido. Por força de suas atividades, que eram múltiplas, acabara conhecendo a maior parte das cidadezinhas do Interior paulista, por onde circulava, vendendo de tudo: bijuterias, roupas, retratos de santos, guarda-chuvas. Baixinho (um metro e sessenta ao todo), fala ciciante, perfil de galã, era um tipo comunicativo, o que, sem dúvida, lhe favorecia nos negócios. No entanto, com a mesma facilidade com que ganhava seu dinheiro, acabava dissipando-o. Metido a elegante, gostava de comprar roupas da última moda, usava brilhantina no cabelo e abusava dos perfumes. Além do mais, malandro, alma de boêmio, freqüentando ambientes de rufiões e prostitutas, atribuía-se a si mesmo a vocação não muito ortodoxa de poeta, de filósofo e, sobretudo, de Casanova.

Está claro que um tipo assim não podia ser bem visto pela nossa comunidade. Eu próprio procurava lhe dar uns conselhos, mas que ele ouvia sorrindo, como que zombando deles.

— Afinal, para que é que você serve, Max? — dizia-lhe eu com toda a franqueza.

Uma vez, porém, deixando de lado a indiferença com que costumava ouvir essas minhas afirmações, ele retrucou:

— Aí é que você se engana, meu caro! Pois vou lhe contar o episódio que me sucedeu há poucos dias e que, de algum modo, prova o contrário do julgamento que você tem de mim.

— Mais uma de suas histórias, Max?

No entanto, desta vez, sou obrigado a reconhecer, a tal história que ele me narrou mexeu comigo e deixou-me um tanto perplexo. Por falta de melhores explicações, passo-a adiante do mesmo modo com que a recebi.

Voltando da sua última viagem de negócios, já ao entardecer do dia, Max rodava com seu velho Buick numa pequena estrada de chão batido, a poucos quilômetros da rodovia principal, quando desabou forte tempestade. A ventania que começou a soprar foi de tal ordem violenta que o obrigou a reduzir a marcha do carro. Felizmente, a pouca distância da estrada, avistou um velho casarão solitário, do qual procurou aproximar-se. Sob o beiral, junto ao portão, para sua surpresa, estava de pé um velho de barba preta e chapéu na cabeça, que lhe fez sinal para entrar. Como o aguaceiro continuasse cada vez mais forte, desligou o motor e correu para a casa.

— Estávamos esperando pelo senhor — disse-lhe o velho.

— Essa é boa! Esperando para quê?

— O senhor é o homem que faltava para completar o nosso *minian*: o décimo homem.

— Vocês são patrícios?!

— Claro.

— Não sabia que por aqui existisse uma sinagoga!

— Por favor, venha. Já estamos atrasados e não podemos mais retardar os serviços da noite.

Max estava atônito. O homem deu-lhe um *capele* e, abrindo a porta, convidou-o a entrar. O ambiente era acolhedor, embora pouco iluminado. Um velho lustre de cobre pendia do teto, lançando sombras por todo o recinto. De fato, parecia o interior modesto de uma sinagoga: a *bima*, bem no meio, coberta por uma toalha de veludo; encostadas na parede do fundo, lado a lado, a Arca Sagrada e a estante do cantor, onde ardia uma vela de cera, com certeza em memória de alguém; junto às paredes laterais, de cada lado, um banco comprido e uma longa mesa de madeira, com velhos livros espalhados.

À entrada de Max, uma pequena assembléia formada por homens idosos, ocupando a mesa à direita, parou de conversar e voltou os olhos na direção dele.

— Agora, sim, podemos começar — disse um deles, erguendo-se e estendendo-lhe a mão aberta. — Ah, meu prezado irmão, como você nos fez falta!

Max estava cada vez mais espantado. Os olhos daquele homem cintilavam de alegria, como se estivessem pousando numa figura ilustre há muito esperada.

— Graças a você poderemos cumprir finalmente nossos serviços — repetiu, com os olhos transbordantes de gratidão. — Por isso, em sua homenagem, no intervalo entre *Minche* e *Mairiv*, estudaremos um versículo do Pirkei Avot.

Os velhinhos ergueram-se do banco e, um a um, cumprimentaram-no efusivamente. Depois, postando-se em direção da Arca Sagrada, puseram-se a rezar. Lá fora, pela visão que se tinha da janela, a tormenta sacudia as árvores, e o céu se enchia de relâmpagos.

Encerradas as "dezoito orações", o mesmo velhinho, a quem os outros chamavam de Rebe, tomou a palavra:

— Irmãos, vejamos o que diz o Rabi Hilel: "Não te afastes da comunidade, nem confies em ti até o dia da tua morte; e não julgues o teu próximo enquanto não te encontrares na situação dele". Que significa isso, meus irmãos? Que dizem os nossos mestres?

Max, por mais anos que vivesse, conforme acabou declarando, jamais esqueceria de tudo quanto ouvira naquele quarto de hora. Terminado o serviço, como por encanto a tempestade cessara. Ao despedir-se dos nove velhinhos, não se conteve:

— Como é que vocês sabiam de que eu viria?

— Nunca tivemos a menor dúvida. O décimo homem sempre aparece, e você é o nosso décimo homem — respondeu-lhe o Rebe, impassível.

Impressionado, Max não pôde dormir aquela noite. Na manhã seguinte, retornou ao local para ver à luz do dia aquilo que lhe parecera um sonho.

— Acredite-me — insistiu ele, ao chegar a esse ponto da narrativa —, não havia mais nenhuma sinagoga por lá. No lugar dela, apenas um mato cerrado.

— É, Max! Mesmo que não acredite de todo na sua história, ela não deixa de ser edificante, isso é inegável — observei-lhe com todo o carinho que me ia por dentro.

— Pois eu afirmo que tudo é verdade — rebateu ele, piscando-me o olho.

PÔQUER

Já disse alguém que o pôquer é o único jogo apropriado para um adulto. Não sei o que o autor da frase quis dizer com isso, pois experimentei-o a sério uma única vez e não tive tempo de me aprofundar no assunto.

Era eu, então, um jovem recém-casado e devia favores a um tio de minha esposa que me dava carona em seu carro todas as manhãs, deixando-me próximo do escritório. Certo sábado, depois do almoço, quando me preparava para um merecido descanso, o telefone tocou e era ele quem me pedia um favor.

— Estou aqui com uns amigos — disse-me — e está faltando um para o nosso joguinho de pôquer.

Eu nunca havia jogado pôquer em minha vida. Conhecia-o apenas de um modo superficial, e isso porque nas aulas da faculdade, na cadeira de "Estatística", o professor costumava formular os diversos problemas do "Cálculo de Probabilidade" com base nas regras desse interessante jogo de cavalheiros.

— É um favor que você me faz — insistiu o tal tio, a quem, na verdade, eu ainda não conhecia devidamente. — O joguinho é inofensivo, só para passar a tarde.

Não tive como recusar. Minha jovem esposa não gostou e me bateu a porta na cara. Saí de casa com a consciência pesada. Por que diabo tinha eu de aceitar aquele convite fora de hora? — perguntava-me tolamente.

A casa dele ficava a duas quadras da nossa. Ansioso, ele já me esperava no portão, e me conduziu a uma saleta onde havia no centro uma mesa com uma toalha de feltro verde. Estavam ali sentados dois desconhecidos, com cara de jogadores experientes. Um deles era um homem de quarenta e tantos anos, pequeno e com uma calvície acentuada. Falava lentamente, numa voz rouca, e seus modos não eram exatamente de um cavalheiro. O outro, um homenzarrão de rosto magro, cabelos negros e revoltos, tinha um ar meio agressivo. Fomos apresentados.

— Então este é o seu sobrinho! — disse o baixote, tentando me avaliar. — Faremos apostas modestas.

Não gostei da observação. Aliás, não me agradavam também as suas caras. Afinal, o que estava eu fazendo ali, numa companhia dessas? Eis, sem dúvida, a pior forma possível de desperdiçar uma bela tarde de sábado, pensei comigo inutilmente. E o pior disso é que me arriscava a perder exatamente o que, nesses tempos, mais me faltava no bolso: o dinheiro.

O jogo começou. Eles falavam pouco, e, quando falavam, suas tiradas me pareciam grosseiras, sem nenhuma graça. Joguei com pouca sorte durante toda a tarde. Dificilmente fazia um par e, se fazia, não me adiantava em nada. Dentre os quatro, era eu quem acumulava as maiores perdas.

— Vamos esquentar este joguinho — disse, por fim, o homenzarrão, cujo ar agressivo dera lugar a uma expressão benevolente. — Nosso amigo aí tem o direito de recuperar o seu investimento.

Como, na realidade, não estivéssemos jogando paradas altas, minhas perdas não poderiam justificar plenamente tais palavras. A ironia delas me fez ferver o sangue. O sujeito estava se dando o direito de brincar comigo, como se eu fosse um adolescente. Amaldiçoei-me de novo. Ah, mas eu não iria, em hipótese alguma, rebaixar-me num joguinho vulgar como este, lhes dando mostras de minhas emoções.

— Topo — respondi lacônico, o que deixou sem respiração o meu parente, já àquela altura bastante apreensivo.

Enquanto as cartas, em meio ao silêncio que se formara, iam sendo distribuídas, pareceu-me ouvir a voz do meu mestre, que enunciava mais um dos seus exercícios: "... considerando que as probabilidades de um *straight flush* são de um em cinqüenta mil mãos...". Um em cinqüenta mil mãos?! Ou seriam sessenta mil? De qualquer modo, com essa ordem de grandeza, naturalmente, o diabo de um *straight flush* ficava cada vez mais distante e cada vez menos palpável.

Lancei um olhar sombrio para as míseras cartas que acabara de receber: três de copas e, depois, duas de ouros. Com tal jogo, diante da habilidade de tais adversários, o melhor que eu tinha que fazer era não me aventurar, recuar cautelosamente e desistir daquela mão, guardando fôlego para a próxima. Por isso, não fui.

Olhando, porém, distraído, as cartas que ainda conservava comigo, tive de repente um tremor. Pois todas eram de copas! As malditas emoções, das quais acreditava estar livre e que tanto desprezava, na verdade tinham-me turvado a vista a ponto de eu não reconhecer um legítimo *straight flush*. Essa, não! Afinal, o destino me dera aquilo que eu merecia.

— Vamos à última rodada — anunciou alguém, recolhendo as cartas.

Embora virtualmente em estado de choque e sem noção exata do que fazia, consegui reunir forças para a minha última participação. Não peço aqui que me acreditem no que lhes vou contar agora. A probabilidade de que isso viesse a acontecer era tão remota que nem sei em que proporção matemática alguém poderia calculá-la.

Ao que parecia todos tinham recebido cartas excelentes e jogavam como loucos. A mesa encheu-se de fichas, ninguém queria recuar. Tiveram de pagar caro para ver minhas cartas. Abri-as solenemente:

— *Straight flush* até rei.

Não só limpei a mesa, recuperando o que era meu, como também, consciente de ter marcado um feito memorável na presença daqueles homens boquiabertos, lavei minha alma definitivamente.

Minha carreira de jogador de pôquer estava brilhantemente encerrada. Não tinha mais nada a acrescentar. Nunca mais tornei a tocar em qualquer tipo de carta, coisa que, além do mais, ao chegar em casa naquele fim de tarde de sábado, acabei jurando para a minha lacrimosa esposinha e que cumpro rigorosamente até hoje.

DITOS QUE OUVI NO PLETZL (II)

Uma montanha não pode encontrar outra; um homem a outro, sim.
*
Médicos e coveiros trabalham no mesmo negócio.
*
Um sujeito preguiçoso só é bom ter como mensageiro da morte.
*
O agradecimento tem uma desvantagem sobre a moeda: não se pode embolsar.
*
A desgraça alheia, para muitos, não vale mais do que uma cebola.
*
O cobertor alheio não nos aquece no frio.
*
Uma meia-resposta ainda assim diz-nos alguma coisa.
*
O coração é como uma fechadura: é preciso ter a chave certa.
*

Certos remédios são piores do que a própria doença.

*

Exemplo não constitui regra.

*

Não é necessário anunciar um tolo.

*

O tolo toma banho e esquece de lavar a cara.

*

Às vezes, o tolo acerta uma boa palavra.

*

O tolo é capaz de perguntar, em um hora, mais do que o sábio responder em um ano.

*

Vassoura nova varre bem.

*

Pecar também é caro.

*

Muitos vêem, poucos compreendem.

*

Mãe que não seja boa não existe.

*

Um azarado, mesmo caindo de costas, pode ferir o nariz.

*

Um velho amigo é melhor do que dois novos.

*

A porta tem duas medidas: para dentro, é larga; para fora, é estreita.

*

Se a coisa lhe é predestinada, você a terá por nada.

*

Se eu for como os outros, quem será como eu?

*

Para se ter sorte não é necessário ser inteligente, mas, para ser inteligente, é necessário ser um sujeito de sorte.

*

Todo o homem sabe que um dia há de morrer, mas não acredita nisso.

*

Há um só caminho para o paraíso e mil para o inferno.

*

Dez inimigos não podem causar ao homem o dano que ele causa a si mesmo.

*

O milagre não prova o impossível; serve apenas como confirmação do que é possível.

*

A transição do dissabor para o bem-estar dá mais prazer do que o bem-estar contínuo.

*

A única coisa a fazer com o parvo ou com o espinho é livrar-se deles.

*

CHUVA E SOL, CASAMENTO DE ESPANHOL

Quando, de manhã cedo, entrei no carro, reparei que começava a chuviscar. Voltei mais do que depressa para trazer o guarda-chuva.

Ao embicar o carro no trânsito, que estava pesado, já começava a cair um toró rozoável, obrigando-me a ligar o limpador do pára-brisa na máxima velocidade.

— Ainda bem que me deu tempo de apanhar o guarda-chuva — pensei comigo.

Para minha surpresa, porém, quando vinha chegando à cidade, a chuva cessou de repente e o céu entrou a clarear. No asfalto das ruas só restavam algumas poças dágua.

— Para que fui trazer este guarda-chuva? — pensei comigo. — Vou deixá-lo no carro.

Mal ia saindo do local de estacionamento, que fica a umas duas quadras de meu escritório, o chuvisco abateu-se de novo. Voltei correndo.

Ainda bem que tenho aí o guarda-chuva! — pensei comigo.

Devidamente protegido, fiz a caminhada, observando o céu que se cobria cada vez mais de nuvens pesadas, prenunciando desta vez um mau tempo longo e irreversível. Como sempre, havia pessoas com guarda-chuvas e outras, sem. Estas últimas, desprevenidas, procuravam cobrir-se de algum modo com os seus jornais, ou, já muito molhadas, paravam debaixo das marquises.

— Por um triz, o mesmo teria acontecido comigo — tentei refletir momentaneamente a propósito desta inexplicável volubilidade da fortuna.

No entanto, a menos de cem metros do prédio em que fica o meu escritório, por mais incrível que pareça, tive de fechar o guarda-chuva. O céu estava claro de novo, nenhum pingo à vista. E clareara bem, desta vez definitivamente, com o sol rompendo as nuvens. O que tinha de chover, já chovera.

— Para que fui trazer este raio de guarda-chuva? — perguntei-me. — Sou por acaso inglês?

Deixei-o no canto do escritório, com a idéia firme de não utilizá-lo na volta. Se há uma coisa de que não gosto é carregar um guarda-chuva inútil.

Durante o tempo todo, dediquei-me ao trabalho, sempre com um olho na janela, por onde o sol entrava alegremente. Quem diria que, a despeito de uma manhã tão cinzenta como aquela, acabássemos tendo um dia tão glorioso! As coisas, porém, são sempre assim: quando menos se espera, o acaso nos apronta uma surpresa, como se estivesse brincando conosco.

No fim da tarde, já me aprontando para sair, chamou-me a atenção o barulhinho que vinha lá de fora. Não é que a chuva voltara! Uma chuvinha rala e persistente, destas que nos molham até à alma.

— Puxa, ainda bem que eu trouxe o guarda-chuva!

Confortado, fiz uma série de reflexões positivas sobre a utilidade desse instrumento. Tão simples, mas tão valioso. O chinês que o inventara (teria sido mesmo um chinês?), sem dúvida, demonstrou um espírito altamente criativo. Uma patente como essa, se tivesse caído em mãos de um aproveitador capitalista, sei lá, é possível que ainda estivéssemos pagando direitos até hoje.

Ao descer pelo elevador, observei com certa comiseração a todos que não tinham trazido os seus guarda-chuvas. Fatalmente iriam se molhar; a fortuna lhes tinha aplicado um golpe traiçoeiro. O silêncio que reinava entre eles era sintomático. Confesso que tive constrangimento em olhá-los nos olhos.

Bem, creio que não preciso dizer o que aconteceu a seguir: quando o elevador se abriu, o tempo novamente havia mudado. Céu limpo e estrelado. E, tendo de carregar debaixo do braço o guarda-chuva inútil, por entre as mil pessoas que voltavam para casa e abanavam suas mãos leves e vazias, ainda fiz uma reflexão amarga:

— Para que fui trazê-lo, meu Deus?!

NO CAMPO SAGRADO

Não sou muito de freqüentar cemitérios, mas este mês bati todos os recordes. Na primeira semana, tive três enterros: o primeiro, do segundo marido de uma tia de minha esposa; o segundo, da sogra do meu cunhado; e o terceiro, ocorrido no domingo, por sinal uma tragédia, da irmã do nosso vizinho, que foi vítima de um terrível atropelamento. No restante do mês, houve um por semana, todos imperdíveis, sempre aos domingos. Sem falar da inauguração de uma *matzeiva* do velho pai de um amigo da família, que coincidiu com um feriado na segunda-feira.

Por favor, não tomem minhas palavras por desrespeitosas aos mortos. Muito pelo contrário. Sempre que me dirijo ao cemitério, no acompanhamento de algum enterro, a idéia de que tenho ali um bom número de parentes, conhecidos e amigos, pesa-me na cabeça. Talvez devesse visitar alguns deles, penso comigo; acabo, porém, partindo sem fazê-lo, com a consciência incomodada, como de quem tivesse praticado, no mínimo, uma descortesia.

Nessas ocasiões, naturalmente, há um túmulo que jamais deixo de visitar: é o de minha mãe. A voz dela me alcança os ouvidos: "Que pressa é essa? O escritório pode esperar; não me diga que não tem tempo de conversar comigo". E lá vou eu. Pego uma "pedra" e a levo comigo para despositá-la sobre a sua laje.

— Que falta de educação é essa? — diz-me minha mãe.
— Então, não cumprimenta a *sheheine*?!

Ela se refere à vizinha, que está ao seu lado, e com quem provavelmente conversa o tempo todo. Vou buscar mais uma "pedra" e a coloco respeitosamente sobre aquele túmulo.

— Então, é este o filho de quem você tanto fala? — diz-lhe a vizinha.

Procuro ler depressa os dizeres que estão gravados na lousa de mármore, para descobrir-lhe o nome.

— Perdoe-me, Dona Raquel, não quis ser indelicado.

Minha mãe se orgulha de mim, como aliás todas as mães, sejam deste ou daquele mundo, orgulham-se dos seus filhos. É, pois, com palavras elogiosas que me vai apresentando.

— Está bem, agora despeça-se de nós e vá trabalhar — diz ela, com aquela vitalidade de sempre. — Seja um bom menino, ouviu?

Antes de me despedir, acendo uma vela, ao pé do seu discreto túmulo, e, como já aprendi a lição, não me esqueço de acender outra no de sua vizinha, Dona Raquel. Depois, afasto-me, com aquelas vozes ainda ecoando em meus ouvidos. Não sei do que estão falando, mas creio que falam dos seus filhos, dos seus netos, talvez até mesmo das vãs vaidades que tiveram neste mundo.

— Já que está aí — grita-me de longe, para que eu possa ouvir —, não se esqueça de uma visitinha à tia Rivque. Tia Rivque, você bem sabe, não deixou filhos, ninguém reza o *cadish* por ela.

Obediente que sou, dirijo-me à quadra onde repousa minha tia. Excelente pessoa em vida, todos gostavam dela. Encontro-a jogando "paciência"; sempre fora chegada às cartas.

— Até que enfim alguém se lembra da pobre tia — diz-me ela, soltando sua famosa risada.

É bem a tia Rivquele. Feitos os cumprimentos de praxe, acena-me logo com o baralho, num claro convite para um joguinho mano a mano. Desculpo-me, alegando falta de tempo.

— Que tempo, que nada. Quando é que você aprenderá a avaliar bem o tempo?

Deposito a "pedra" no seu velho túmulo, este já coberto de pátina, e, finalmente, me despeço dela, prometendo voltar em breve.

Ainda no limite do campo, quando vou partindo, ecos de vozes distantes murmuram atrás de mim, como num franco apelo:

— E eu? E eu?

O silêncio da morte me oprime o espírito. Mas todos vocês sabem tanto quanto eu que essa ligação entre os mortos e os vivos é apenas passageira. Pouco a pouco eles vão-se desvencilhando de nós e perdendo todo o interesse pelos vivos.

A SEMENTE DE SAFED

Encontrei casualmente dona Ester, uma velha amiga de minha mãe, numa dessas estações de água, onde eu passava uma curta temporada. Apesar dos seus setenta e poucos anos, achei-a bem disposta e ainda bastante loquaz, como nos velhos tempos. Satisfeita de me ver, crivou-me de perguntas sobre a família, querendo saber de tudo. A seu convite, sentamonos em frente do grande bebedouro, naquele fim de tarde, e fiquei, durante pelo menos uma hora, a ouvi-la. Devo dizer que poucas pessoas têm o conhecimento de dona Ester quanto às coisas que acontecem em nossa comunidade. O que ela não sabe, ninguém sabe.

Não me lembro exatamente a propósito de que motivo começou ela a história que me causou impressão e que procurarei resumir aqui, usando mais ou menos as suas próprias palavras. Creio que foi quando mencionou por acaso a cidade de Safed, onde nasceu, a qual, afora ser uma cidade mística, berço da Cabala, é também reconhecida pela qualidade de seu ar puro da montanha.

— Os habitantes de Safed, de um modo geral, não se dão bem quando saem para viver em outros centros — disse-me dona Ester. — Foi esse o caso, por exemplo, dos Lilenblum. Você sabia que eles provêm de Safed?

Confessei-lhe que não só ignorava esse fato, como não tinha maiores conhecimentos a respeito daquela família. Mostrou-se surpresa. Entre um gole e outro de água mineral, que ela recolhia pacientemente num copinho de plástico, contou-me, então, a odisséia dessa família que conheceu desde seus tempos de menina.

"Bem, o velho Azriel Choihet, o patriarca dos Lilenblum, gozava de alto conceito em Safed, junto ao nosso Rebe. Aliás, todos lá o respeitavam como erudito. Veja bem, isso em Safed. Para você ter uma idéia de quem era ele, até mesmo o Rebe não hesitava em consultá-lo quando lhe surgiam dúvidas em face de algumas questões complicadas das nossas leis. Nesse aspecto, Azriel Choihet tinha uma cabecinha de ouro, uma mente lógica, capaz de decifrar qualquer *halahá*, por mais difícil que esta fosse. Teria sido um jurista genial, costumava dizer meu pai (que Deus o tenha), se tivesse seguido tal carreira. Mas, acima de tudo, Azriel Choihet era um homem humilde, devoto e um consciente cumpridor das leis judaicas, de acordo com as tradições profundamente enraizadas nos homens da nossa cidade.

"Quem diria, pois, que o filho mais velho dele, o Betzalel, tivesse um dia de deixar Safed e partir para as Américas? Muitos outros, pressionados pela miséria daqueles tempos do mandato inglês, precisaram emigrar. Por coincidência, ele e meu pai, com suas respectivas famílias, viajaram juntos no mesmo navio. Aqui, em São Paulo, mantiveram uma longa amizade, embora, com o tempo, Betzalel Lilenblum fosse seguir uma linha liberal, divergindo nesse ponto do meu pai.

"Para provar o quanto uma semente de Safed não se dá bem e sofre ao ser transplantada para outros solos, vou contar-lhe o episódio ocorrido com ele poucos anos depois. Durante o período da Segunda Guerra, eram escassas as notícias que recebíamos dos parentes que ficaram do outro lado do mundo, sobretudo de nossa pequena cidade de Safed. Por isso, quando meu pai soube do falecimento do velho Azriel Choihet, ficou consternado, e a primeira coisa que fez foi dirigir-se à casa do amigo. Para seu espanto e choque, em vez de encontrá-lo cumprindo o *shiva*, como manda a lei judaica, encontrou-o atrás da escrivaninha, atarefado com o trabalho. Betzalel saiu-se com esta: Não estou fazendo o *shiva* pelo meu pai, porque não sou digno dele!. É! A semente estava se deteriorando!

"Anos se passaram, e o filho mais velho de Betzalel, o Alexandre, a quem conhecíamos por Senderl, formou-se em Direito, na Faculdade de São Francisco. Embora jovem, em pouco tempo se destacou como um dos criminalistas mais brilhantes do fórum. Os jornais noticiavam os seus feitos. Em se tratando de leis, tinha aquela mesma cabeça lógica do seu avô, o Azriel Choihet, de quem já lhe falei. Então, de novo, para provar que a semente de Safed de fato não se dá bem fora do seu território, esse Alexandre tomou um caminho estranho. A notícia caiu-nos como uma bomba: ele se casou na tradicional Igreja da Consolação, com uma jovem da alta sociedade, em pleno *Iom Kippur*, não sei se por acaso ou de propósito".

Nesse ponto, dona Ester fez uma pausa, tomou mais um gole do seu copinho de plástico, deu um suspiro e olhou-me nos olhos. Não saberia dizer se ela estava exagerando ou não.

"Não pense, meu caro, que a coisa termina por aí, não. A história prossegue. Alexandre Lilenblum teve uma filha, educada como todas as jovens de boa família, dentro da sociedade não-judaica que a cercava. Suponho até que a tenham matriculado em colégio de freiras. Não conheceu o avô, Betzalel (este havia morrido do coração), nem jamais ouvira falar do bisavô, o velho Azriel Choihet, lá de Safed, de cujo nome nunca se fez menção em sua presença. Formou-se, igualmente, em Direito e seguiu uma carreira brilhante: a marca da família. O pai, o Alexandre Lilenblum, dizem, divorciou-se e casou-se novamente. No entanto, quanto a ela, que não tinha mais nenhuma vinculação com o judaísmo — como querendo provar que uma semente de Safed, mesmo não se dando bem com outros climas, continua sempre uma semente de Safed —, esta bisneta de Azriel Choihet, de repente, voltou ao seio judaico, converteu-se de acordo com as normas ortodoxas e, trocando o nome de Maria, ostenta hoje o nome de Ruth".

Como a noite já fosse caindo, dona Ester despediu-se apressada, prometendo, porém, rever-me no dia seguinte, no mesmo lugar, em frente do bebedouro. Quem sabe, com uma história mais interessante ou, pelo menos, mais alegre.

NOVA IORQUE, NOVA IORQUE

Todos os que vão a Nova Iorque têm sempre alguma coisa para contar. Eu não faltaria à regra, embora não fosse exatamente pelo que se pudesse prever.

Já na minha primeira tarde, tendo *iortzait* de minha mãe, procurei informar-me onde poderia encontrar uma sinagoga ortodoxa para os serviços de *Minchá* e *Maariv*. Naturalmente, havia muitas.

Visto como, a que me foi indicada, justamente nas cercanias do Central Park, ficasse próxima do hotel em que estava hospedado, dirigi-me a ela a pé. Fui andando pela 5a. Avenida sem nenhuma pressa, tinha tempo pela frente. O sol do fim da tarde ainda fulgurava nas vidraças dos magazines e dos altos arranha-céus de Manhattan, esta desconcertante Babilônia onde, é sabido, vivem e labutam milhares de patrícios.

Para minha surpresa, a sinagoga estava de portas cerradas. Numa placa da entrada, pude ler os horários; tinha uma hora inteira para ficar por ali flanando, antes do primeiro serviço. Parado junto a mim, contemplando a placa, um senhor de meia-idade, ou talvez mais, demonstrava o mesmo desapontamento. Pelo aspecto dele, chapéu pendurado na cabeça, nariz ligeiramente adunco, não tive a menor dúvida de que se tratava de um correligionário. Ele olhou ostensivamente para o relógio da fachada e fez uma careta.

Com todo aquele tempo disponível, resolvi atravessar a avenida e fui procurar um assento na praça fronteira, que era ajardinada, de onde pudesse, com algum conforto, apreciar o movimento. Notei que o homenzinho me acompanhava alguns passos atrás e, quando avistou o primeiro banco livre, apenas ocupado por uma senhora idosa que estava ali tomando sol, correu para sentar-se junto comigo.

O velhote usava um paletó tweed, um tanto *démodé*, uma grande gravata afrouxada no nó, cheia de cores, e tinha um ar folgazão espalhado por todo o rosto. A primeira impressão que tive foi de que o homem se preparava para me dar uma *facada*. Fez, porém, um preâmbulo. Começou me contando que era de Chicago, onde vivia sozinho, e viera passar alguns dias em Nova Iorque, na casa da irmã.

— Os netos dela são, para mim, como meus próprios netos — informou-me, num inglês que não deixava dúvidas quanto à sua origem.

O homem, sem dúvida, tinha classe. De bom humor, resolvi entrar no jogo dele.

— Então, o senhor é de Chicago? — perguntei, pensando naturalmente, sem poder evitar, na antiga fama desta cidade, com os seus *gangsters*, as disputas entre suas quadrilhas e toda aquela atmosfera pesada do crime. Como numa tela de minha memória, avultavam os rostos conhecidos de Edward G. Robinson e Paul Muni.

— Sim, moro em Chicago, desde os tempos da Lei Seca. Vocês, do Brasil, já ouviram falar da Lei Seca?

— Claro — respondi, meio sorrindo, cada vez mais engajado no esquema dele.

— Fui *gangster* de uma quadrilha que se opunha a Al Capone. Hoje estou aposentado.

O homem ainda não me tinha dado a *facada*, e eu a estava esperando a qualquer momento. Resolvi facilitar-lhe as coisas.

— E como é que andam as suas rendas, hoje?

— De vez em quando ganho alguns cobres na roleta de Las Vegas. Dá pra viver, e até trago alguma grana prá minha irmã.

Bem sacado, pensei comigo, ele ainda está preparando o bote. Risonho, como convém a um turista, mas já meio desconfiado, perguntei:

— O senhor costuma freqüentar a sinagoga?

— Não sou muito fanático. Às vezes, me bate a saudade, e lá vou eu.

A partir desta deixa, ele passou a me falar dos seus falecidos pais, da vida na Rússia, e até do *heder* que freqüentara em criança.

— Eu ia todos os dias ao *shil*, com meu pai. O senhor quer ouvir alguns trechos de *chazones*? — disse-me ele e, sem esperar resposta, se pôs a cantarolar velhos *nigunim*.

O homem, sem dúvida, tinha muita classe, e achei que já tinha feito mais do que o suficiente para merecer a sua *facada*. Foi nesta altura que fomos interrompidos pela velhinha que ali estivera sentada conosco, quieta o tempo todo.

— Sim, eu me lembro! Lembro-me muito bem — exclamou ela num rompante, com um forte acento russo. — Era assim que eles cantavam. Eram estas as melodias tristes que soavam em seus templos.

Ambos olhamos para ela, espantados. Apesar de suas roupas pobres, do rosto encarquilhado, tinha, curiosamente, os modos e o ar de uma pessoa invulgar.

— Quem é a senhora? — perguntou meu parceiro, um tanto incomodado.

— Pertenço à família do Czar, sou uma princesa russa — declarou numa voz fraca, mas natural, sem nenhuma vacilação.

Premiou-nos, depois, com um sorriso, que me pareceu (eu poderia jurar) de uma autêntica aristocrata. E, desta vez, completando a nossa surpresa, entoou baixinho o velho *nigun* do *Kol-Nidrei*.

O que me ocorreu naquele momento foi que, muito dificilmente, eu passaria impune se contasse episódio desses aos meus amigos do Brasil. Contar-lhes que estive em Nova Iorque, sentado no banco de uma praça, de um lado com um *gangster* judeu e de outro, com uma princesa russa, seria demais. No mínimo, me chamariam de fantasioso.

QUANDO OS FILHOS SUPLANTAM OS PAIS

Os pais sempre se alegram quando os filhos os suplantam. Pois o meu caçula, que tem apenas nove anos, já começou a me provar que sabe mais do que eu. Por isso, quando ele me diz, "pai, vou lhe fazer uma pergunta", fico logo de sobreaviso.

— Quem foi que aniquilou de um só golpe um quarto da população do mundo?

— Um quarto da população do mundo? Creio que foi Napoleão — respondo, meio temeroso.

— Que bobagem é essa, pai!

— Não foi o Alexandre Magno?

— Negativo. Se prestasse mais atenção ao que diz a Bíblia, saberia que foi Caim.

Ele ri, e eu, que sou pai dele, naturalmente, me alegro.

— Vou lhe fazer uma pergunta mais fácil: por que Adão viveu tanto tempo?

— A Bíblia não o explica, mas vou arriscar um palpite: naqueles tempos não havia doenças.

— Putz grilo! Que chute fora pai! Adão viveu muito porque não tinha sogra.

Sinto de novo o gosto esquisito da derrota. Mas como sou pai dele, naturalmente procuro me alegrar.

— Vou lhe dar mais uma chance, pai: em que parte do mundo não se encontra nenhum dos nossos patrícios?

— Nenhum?! Só pode ser na Lua.

— Que é isso?! Então não sabe que no cemitério cristão não há nenhum judeu?!

Outro dia, ele desfechou à queima-roupa:

— Pai, quando foi que a população inteira do mundo ouviu o galo cantar?

Matutei um pouco. Talvez fosse quando se inventou o rádio — pensei. Mas, desta vez, não me atrevi a responder. Discretamente, consultei com os olhos minha mulher.

— Não, não, a mamãe não vale — gritou o meu diabinho, percebendo minhas intenções.

— E por que não? — indaguei intrigado.

— Ora, a supermãe sabe tudo.

— Ah, é! E o superpai?

— Não existe. Só existe supermãe.

— Pois, duvido — retruquei. — Supermãe nenhuma poderá lhe responder quando foi que toda a população do mundo ouviu o galo cantar.

Minha esposa, ouvindo o desafio, respondeu tranqüilamente:

— Foi na Arca de Noé.

Depois dessa, comecei a corrigir minha frase, empregando-a no singular: o pai (superpai não existe) sempre se alegra quando o filho o suplanta. A mãe, esta nunca será suplantada.

DO SEU PRECLARO COLEGA

Na última viagem a Israel, numa excursão organizada pelas "Pioneiras", minha sogrinha teve ao seu lado o tempo todo a Rachel de Queiroz. As duas estiveram hospedadas nos mesmos quartos de hotéis, fazendo-se companhia uma a outra o tempo todo. Tanto nos *tours* como nos congressos, estiveram sempre juntas, sentadas lado a lado. Foi o suficiente para tornarem-se grandes amigas. Fiquei curioso de conhecer detalhes dessa convivência.

— A senhora já a conhecia antes?

— Naturalmente. Então não havia de conhecer a primeira mulher da Academia Brasileira de Letras?!

— Já conhecia os seus livros?

— Não, só tinha lido os artigos dela na revista *Cruzeiro* e mais tarde na *Manchete*.

— E como é que foram as relações entre vocês?

— Demo-nos muito bem: Rachel é uma excelente *chaverá*. No entanto, sabe o que acabou consolidando nossa amizade?

— Não.

— Dois pequenos fatos. O primeiro foi quando sofri aquele terrível acidente dentário.

— Que acidente dentário foi esse?!

— Logo no início da excursão tive a infelicidade de quebrar a dentadura. Pode imaginar o estado em que fiquei? Eu queria morrer. Até me descobrirem um dentista que pudesse consertar a bendita dentadura, eu não queria saber de me encontrar com ninguém. E teria mesmo mofado no apartamento, estragando boa parte da tão sonhada viagem, não fosse a minha querida Rachel, que me levantou o ânimo e me convenceu de que eu estava me portando como uma criança.

— E o segundo fato?

— Aconteceu com ela. Estávamos no quarto nos preparando para o jantar de gala daquela noite, quando Rachel, um tanto apreensiva, me disse que não conseguia encontrar a sua bolsinha secreta, essa em que guardava todo o dinheiro. Procuramos de um lado a outro, e nada. Tratei de acalmá-la como pude. Sugeri, então, que fôssemos jantar, e que na volta, com mais tempo e calma, iríamos revirar o apartamento de pernas para o ar. De qualquer modo, afiancei-lhe, ela poderia ficar tranquila com uma coisa: o meu dinheiro, aliás bem guardado junto de minha cintura, seria dividido fraternalmente com ela até o fim da viagem; era só economizar um pouquinho aqui, outro pouquinho ali. Pois bem, na volta, acabamos encontrando a tal bolsinha, exatamente debaixo do travesseiro na dobra da fronha, lá onde Rachel, distraída, a tinha deixado. Demos grandes gargalhadas.

— Ainda bem. E o resto da viagem: ela gostou de Israel?

— Simplesmente adorou. Você sabe como são as nossas *chaverot*, não é?

— Não, não sei.

— Nós das "Pioneiras" somos todas muito animadas. Cantamos o tempo todo *Hava-Naguila, Dovid Melech Israel*, e ela cantou conosco. Rimos, e ela riu conosco. Tudo numa boa confraternização.

Confesso que já esperava com certa ansiedade por essa última palavrinha. Dificilmente minha querida sogrinha deixa de empregá-la quando deseja enfatizar as reuniões quentes das companheiras.

— De fato, divertimo-nos a valer. O programa foi cumprido à risca, como manda o figurino.

— Onde foi que vocês estiveram?

— Estivemos em toda a parte, de Metula a Eilat. Fomos recebidas em grande estilo pelo Primeiro-Ministro de Israel; afinal, nós, as "Pioneiras", temos muita cotação. Fomos aos *quibutzim* e aos museus. Visitamos o *Knesset*.

Antes que descambasse para mais longe, procurei trazê-la de volta ao meu assunto.

— O que mais impressionou a sua amiga?

— Foi quando houve a inauguração da creche que recebeu o seu nome, e ela viu as crianças cantarem. Seus olhos se encheram de lágrimas. Ela me disse no ouvido: "Sinto-me como a própria mãe Raquel". No mais, era muito alegre.

— Do que vocês falavam durante os *tours*?

— Bem, você sabe como são as mulheres. Fazíamos comentários desse ou daquele vestido, do jeito de uma ou de outra das nossas companheiras de viagem, e ríamos de tudo. Ela me contou coisas interessantes de sua família. De minha parte, cheguei a falar-lhe de você e dos seus livros.

— A senhora teve essa coragem?

— E por que não? Se ela podia falar dos seus parentes, por que é que eu não podia falar dos meus?

Enfim, a velha lógica judaica.

— E qual foi a impressão geral que ela teve da viagem?

— Ela me confessou uma coisa. Mais tarde, andou repetindo-a em algumas de suas palestras.

— E o que foi?

— Ela me disse: "Devo ter sangue judeu nas veias; vivo me emocionando com tudo quanto veja nesta Terra".

Como se tivesse deixado para o fim aquilo que considerava o principal, minha sogrinha fez questão de me narrar em detalhes o episódio do último dia.

— Abraçamo-nos feito duas boas amigas, ou melhor, como duas *chaverot*. Por fim, prometeu-me: quando passasse por São Paulo, viria me visitar. E, na hora da despedida, sabe quais foram suas palavras finais para mim?

Fez uma pausa, deu-me uma piscadinha de olhos e completou:

— Ela disse: "Olhe, dê um abraço ao meu colega".

DITOS QUE OUVI NO PLETZL (III)

Se você consultar o Rebe, ele achará sempre alguma coisa.
*
Não podendo ir para frente, vá para trás.
*
Quem vive como um diabo, torna-se um demônio.
*
Quem fala demais, acaba falando de si.
*
Quando se deixa um porco subir ao banco, é meio caminho para a mesa.
*
Quando se engraxa, o carro anda bem.
*
Quem dança em todos os casamentos, chora em todos os funerais.
*
Quando se tosquia uma ovelha, os carneiros tremem.
*
Quando sentimos amargura no coração, não adianta açucar na boca.
*

Não havendo nada na panela, não haverá nada no prato.

*

Assim gira o mundo inteiro: uns têm a bolsa, outros, o dinheiro.

*

Consulte a quem quiser, mas só resolva com a própria cabeça.

*

Quando se varre a casa, acaba-se encontrando tudo.

*

Antes dor no coração que vergonha na cara.

*

Antes a maldade dos bons que a bondade dos maus.

*

Antes ser criticado que consolado.

*

Sangue não é água; pelo menos é mais denso do que ela.

*

Brit, Bar-mitzva, casamento, enterro — tudo isso convém pagar à vista.

*

Charme vale mais que beleza.

*

O melhor cavalo precisa de um chicote; a criatura mais sábia, de um conselho; e a mulher mais virtuosa, de um homem.

*

A pobreza estampa-se primeiro no rosto.

*

A verdade está nos olhos; a mentira, atrás deles.

*

O inferno não é tão mau quanto o caminho que leva a ele.

*

A honra se mede não pelo que se recebe, mas pelo que se dá.

*

Por menor que seja a vingança, ela envenena a nossa alma.

*

A verdade está toda com Deus e um pouco conosco.

*

Ele não crê em Deus, mas Lhe pede ajuda.

*

O medíocre não está tão perto do sábio, nem tão longe do tolo.

*

Nada mais amargo do que a bílis, mas sem ela não se pode viver.

*

O teimoso não tem cura.

*

Não há inimigos gratuitos; temos sempre de pagar por eles.

*

Ninguém sabe onde os sapatos nos apertam.

*

Deus nos livre de um só filho e de uma só camisa.

*

O NOSSO HOMEM DE LINDÓIA

Quando nossos filhos eram pequenos, costumávamos passar com eles curtas temporadas em Lindóia. O hotel que freqüentávamos ficava numa colina a cavaleiro da cidade e era cercado de grandes árvores. No restaurante, que conservava certa pompa da *belle époque* e aonde descíamos para os almoços e jantares, minha esposa aproveitava para ensinar-lhes algumas regras de etiqueta: não apóiem os cotovelos na mesa, não tomem a sopa ruidosamente, não metam a faca na boca, utilizem os garfos certos. Para a nossa caçulinha de cinco anos incompletos, naturalmente, não havia muitas exigências; bastava que ela comesse, o que nem sempre se conseguia, a não ser pelas histórias que eu lhe contava acerca de uma fada que vivia no bosque, perto das fontes termais.

— Quando é que vamos ver a fada, papai? — ela perguntava.

— Se você comer direito, amanhã passamos pelo bosque.

Aquele bendito bosque rendeu-nos muitos almoços e jantares. E, para cumprir a promessa, fizemos por ele várias incursões, infelizmente chegando sempre um pouco atrasados, pois a fada já havia partido.

Numa das temporadas, sentado sozinho a uma mesa próxima da nossa, notei a presença constante de um senhor de seus sessenta e poucos anos, cujos olhos, por vezes, eu surpreendia dirigidos para o nosso quinteto. Durante o dia, nos diversos passeios locais, acabávamos cruzando com ele, sempre solitário, vestido à moda antiga, de chapéu, paletó e gravata-borboleta, e usando uma bengala de castão de prata. Acenava-nos de longe com a cabeça, num cumprimento discreto.

Somente ao final da estada, é que se aproximou de mim e disse:

— O senhor tem uma bela família!

Não sei como descobriu o endereço, e, um dia, apareceu-me no escritório.

— Só queria saber como estão passando os pequenos — comentou. E, para minha surpresa, foi designando a cada um deles pelo nome.

Pois bem, a partir daí, uma vez por ano pelo menos, começou a aparecer para indagar como ia este ou aquele. Acabei sabendo que era viúvo, sem filhos, engenheiro aposentado de uma Companhia Inglesa de Estradas de Ferro.

Compreendi o motivo de sua curiosidade. Todo o ano, quando aparecia, eu lhe dava uma notícia. Contei-lhe que um dos meninos acabara de concluir o Ginásio. Outro ano, falei-lhe do *Bar-Mitzva* do segundo; tive de lhe explicar o sentido da cerimônia e como foi que o garoto se comportara na sinagoga.

— E a menina, ela ainda gosta de fadas? — perguntou-me.

Para desespero de minha secretária, que tentava interromper a todo momento a reunião, eu tinha de contar a ele um número suficiente de episódios de todos os membros da família, para que se desse por satisfeito e se retirasse, só voltando no ano seguinte.

Com o tempo acabei me acostumando com as suas visitas, e fui pródigo em histórias a respeito de cada um dos filhos, pois sabia que isso o deixava feliz. Contava-lhe seus progressos, suas aventuras, suas vitórias, seus namoros. Também não lhe escondia as dificuldades: a rebeldia da juventude, os atritos, as dúvidas, as preocupações, os tropeços. Havia, porém, fatos alegres da nossa vida familiar que o deixavam com uma expressão embevecida: a primeira viagem nossa para a Europa, a primeira formatura na faculdade, o primeiro noivado.

— Ele noivou com quem? É de boa família? — quis saber, quando lhe anunciei o noivado do filho mais velho.

Tive de falar-lhe da família da noiva, de como fora a festa, a cerimônia judaica, o contrato do lenço, etc., etc.

— E a menina, a caçulinha, como é que estava vestida?

— Ela não é mais uma menina, é uma moça, tem até um namoradinho.

— Um namoradinho! É coisa séria?

Convidei-o a vir em casa, mas, como sempre o fazia, alegando um pretexto, recusou amavelmente o convite. Quando voltou no ano seguinte, deixei-o emocionado, ao anunciar-lhe que a nossa menina fizera o vestibular e entrara na faculdade.

— Creio que agora já não acredita mais em fadas, não é? — disse-me rindo, como se tivesse acabado de me revelar uma boa piada. Nos olhos, sentia-lhe a emoção.

Mais alguns anos se passaram. Já no último encontro, notei que ele havia trocado a bengala de castão de prata, por outra, mais grossa e segura.

— O senhor não vai nos dar o prazer de vir em casa? — insisti.

— Não, não, quase não saio.

Lá em casa, por tudo o que eu lhes relatava, todos já conheciam bem o velho excêntrico; referiam-se a ele, simplesmente, como "o nosso homem de Lindóia".

No mês que precedeu ao casamento da nossa filha, minha esposa fez questão de que eu lhe mandasse também o convite.

— Engraçado, não sei o seu nome, nem o seu endereço.

— Excêntrico é você — comentou minha companheira, abanando a cabeça.

Levei comigo o convite ao escritório e aguardei ansioso a sua vinda. Até mesmo uma dessas frases havia preparado para dizer-lhe: "Imagine, sabe quem vai casar? A menina do bosque".

Mas foi inútil, nunca mais ele apareceu.

DOCE PÁSSARO DA JUVENTUDE

Vivemos dando conselhos aos filhos, por mais liberais que sejamos. Isso é inevitável. Ainda não vi ninguém que não os desse lá uma vez ou outra. Uns mais, outros menos. De minha parte, sempre procurei ser moderado nesse hábito infernal da nossa classe, mas confesso que há uma pequena área, sobretudo a que se refere ao espírito "distraído" da juventude, na qual freqüentemente acabo esbarrando e sucumbindo.

Tenho quatro filhos, e nenhum deles nunca se lembrou de desligar a luz do banheiro, do quarto, da cozinha, da sala, etc. Quando levanto o problema, provam-me que essas despesas são miseravelmente insignificantes, e o que pesa no consumo elétrico não é nada disso. Bem, para não discutir, vou desligando a luz de tudo quanto eles vão esquecendo pelo caminho.

Portas e gavetas de armários? Estas, encontro-as invariavelmente abertas. Para não entrar num debate inócuo e estéril, que, na verdade, nunca me levou a nada, vou tratando de fechá-las.

As roupas e sapatos que se espalham no chão do banheiro não são um espetáculo agradável de ser visto. Mas, igualmente, para não incidir no hábito descabido de criticar os filhos, nem ser chamado por eles de "careta", fecho os olhos e vou em frente.

Documentos, chaves, óculos, livros e cadernos, esquecidos nos lugares mais incríveis da casa; canetas esferográficas e lápis multicores que desaparecem e se multiplicam por todos os cantos (na grama do nosso jardim, por exemplo, esses instrumentos escolares andam por ali vicejando como ervas daninhas), tudo isso pode me tirar alguma coisa do bom humor, mas nunca me abalou. Realmente, eu poderia ficar horas inteiras enumerando os diversos "esquecimentos" e "distrações" da nossa gloriosa juventude, o que, em última análise, estou certo, não chegaria a constituir nenhuma novidade para todos os pais do mundo. De que modo, porém, estes reajem, isso é que eu não sei. No que me diz respeito, justamente neste particular, acabo soltando de vez em quando as minhas farpas.

No entanto, depois do que me aconteceu efetivamente há poucos dias e que passarei a narrar, compreendi-os melhor e reconheço que ninguém é infalível. Começo a achar que esquecer, qualquer um pode e tem o direito.

Naquela noite, fiquei contrariado com um fato que sucedeu a um dos meus filhos. Ele me telefonou da rua, me informando que estava num ponto do universo (mais precisamente, no Jabaquara), com uma pequena dificuldade.

— Que foi? — perguntei, assustado.

— Nada, pai. Apenas fechei a porta do carro e esqueci a chave dentro.

— Ora, essa! Como foi isso?

— Não sei. Poderia me fazer o favor de trazer a duplicata? Não acho prudente abandonar o carro por aí, podem roubá-lo.

— Onde está a duplicata?

— Na gaveta do criado-mudo, ao lado da cama.

Surpreendeu-me esta precisão dele; não discuti mais, apenas lhe pedi o endereço e desliguei. Sair de casa à noite, depois de ter vestido o pijama, não é muito agradável, mas o que não se faz pelos filhos? O que, porém, me tirou do sério foi ter passado uma hora inteira procurando, por todas as gavetas da casa, a tal miserável duplicata, que só acabei achando numa caixinha de clipes, em meio aos livros de uma estante, por puro milagre, quando eu e minha esposa já estávamos entrando na fase do desespero.

— Este teu filho, só não esquece a cabeça... — fui recriminando a pobre mãe, que não tinha a menor culpa. — Onde já se viu, meu Deus, fechar a porta do carro e esquecer a chave dentro?

Findo o episódio, acabei me deitando tarde aquela noite, eu que precisava acordar cedo no dia seguinte, tendo em vista a reza matinal do *shaharit*. Confesso que adormeci com o espírito conturbado, julgando muito mal os nossos jovens.

Pela manhã, quando, tonto de sono, dei a partida no carro, todos lá de casa ainda estavam dormindo. Havia algumas estrelas piscando no céu. Atravessei rapidamente a cidade, com pouco trânsito, e cheguei à rua da sinagoga, esta com algumas luzes acesas. Tendo estacionado a pouca distância, apanhei a bolsa que continha os apetrechos de reza, desliguei o motor e já ia me preparando para sair do veículo, quando deparei, do lado de fora, no meio do escuro, com o vulto de uma pessoa.

— O senhor pode me prestar uma informação?

Aquela aparição repentina me arrepiou o couro. Deixei as coisas sobre o banco, esgueirei-me para fora e bati a porta. Era um simples e honesto homem que precisava de uma informação. Quando ele se foi, dei-me conta de que a chave ficara dentro.

E agora, meu Deus? — pensei comigo. Os vidros hermeticamente fechados, com o *talit* e os *tefilim* inapelavelmente fora do meu alcance, o que fazer? Por um momento, quase entrei em pânico. Depois, refleti e fiz a única coisa que podia fazer: voltar depressa para casa no primeiro táxi e procurar a duplicata da chave. No caminho, rezei para que todos continuassem dormindo e não vissem o meu vexame.

Assim foi. Enquanto o chofer me esperava, entrei cautelosamente, subi a escada, fui até à gaveta, peguei a chave necessária e voltei na máxima surdina. Uma operação bem-sucedida, achei.

No entanto, quando jantávamos, reunidos todos em torno da mesa, meu caçulinha me disse:

— Pai, hoje de madrugada, eu poderia jurar que ouvi passos de um fantasma querendo assombrar a nossa casa.

Foi a partir daí que me inclinei — eu que sou um sujeito de bom senso, modéstia à parte — a rever certas posições minhas em relação ao doce pássaro da juventude.

SEU SAMUEL

Foi num domingo pela manhã, muito cedo, que recebi aquele telefonema do seu Samuel. Embora antigo vizinho de meu pai, eu o conhecia superficialmente. Quando ambos, quase na mesma época, se tornaram viúvos, começaram a visitar-se mutuamente e a fazer juntos longas caminhadas pelo Jardim da Luz. Mais tarde, quando papai, adoentado, veio morar conosco, o relacionamento entre eles reduziu-se a um ou outro telefonema. E depois, nem isso. Tendo passado tanto tempo, eu mal me lembrava dele.

— Seu Samuel?! O senhor quer falar com o papai?

— Não, é com você mesmo.

— O senhor está bem, seu Samuel?

— As coisas andam pretas para mim.

— Qual é o problema?

— Vou ser despejado do apartamento em que moro — a voz dele era trêmula, e pude sentir logo o drama que se passava do outro lado do fio.

— Essas coisas não são tão rápidas assim. Ninguém vai pô-lo na rua, seu Samuel. Há sempre um longo processo pela frente.

— Sexta-feira, apareceu-me aqui um oficial da Justiça, me entregando uma notificação. Ele me disse que tenho prazo de apenas quinze dias para a defesa.

— E o seu filho? — perguntei espantado, lembrando-me do filho único que possuía.

— Ele está na Europa, viajando; só volta dentro de um mês — respondeu-me num sussurro.

A preocupação e o medo que se desprendiam da voz daquele homem solitário eram bem palpáveis. Por isso, não pensei duas vezes.

— Vamos fazer o seguinte, seu Samuel: passo pelo seu apartamento para apanhá-lo e o senhor vai almoçar conosco. Não precisa se preocupar, meu advogado irá tratar de tudo.

— Quando é que você aparece?

— Daqui a pouco, está bem?

— Devo esperar embaixo?

— Não é preciso, toco a campainha.

Encontrei-o na rua, me esperando; um tipo baixinho, cabelos brancos, usando terno e gravata. Tinha na mão uma grossa pasta. Abriu-se num largo sorriso, ao me ver. Introduzi-o no carro e, durante a viagem, ouvi-o repetindo várias vezes toda aquela história do despejo, sem dar-me tempo para nada. Só consegui lhe dizer:

— Não se preocupe; deixe isso comigo. — E, depois, para cortar o assunto: — Sabe, papai está muito ansioso para revê-lo.

— Como vai ele?

— Está se recuperando.

— Deixou de fumar?

— Há muito tempo.

— Eu sempre disse a ele que deixasse o cigarro.

Perguntei-lhe pelo filho:

— Já recebeu um cartão postal?

— Ainda não. Iossele deve estar agora, com a mulher e os filhos, viajando por Israel. Você conhece meus netos?

— Não tive esse prazer.

— Ah, são garotinhos maravilhosos! Quer ver o retrato deles?

Fiquei enternecido quando vi meu pai e seu Samuel trocando abraços e, depois, trazendo à baila velhas recordações. O almoço correu alegre, ainda mais pela garrafa de vinho tinto que abrimos para comemorar o reencontro deles. Depois disso, achei que, como é natural para pessoas que já passaram dos setenta, desejassem descansar um pouco. Por isso, eu disse ao nosso visitante:

— Agora, vou lhe arrumar o leito para uma boa soneca.

— Não, obrigado; prefiro que você me leve para casa.

Despediu-se do amigo e, quando o carro partiu, ficou ainda de longe lhe acenando o lenço. Manteve-se calado durante a viagem; notei, porém, que uma sombra ainda pairava em seu rosto.

— Você já telefonou para o advogado? — perguntou-me de supetão.

A pergunta me pegou de surpresa. Respondi-lhe sério:

— Domingo, nada se pode fazer, seu Samuel. Amanhã cedo, enviarei a ele todos os seus papéis.

— Vou lhe confessar uma coisa: desde que recebi aquela maldita notificação, eu andava tão nervoso que não podia nem mesmo dormir.

— Pois o senhor pode agora dormir sossegado. Acredite-me, é um longo processo. De qualquer forma, com o encaminhamento que faremos, haverá tempo de sobra para seu filho acompanhar pessoalmente o caso.

Vendo-o mais tranqüilo, sosseguei também. Como quisesse desviar-lhe o pensamento, indaguei:

— Afinal, como vai de saúde, seu Samuel?

— Vou bem, obrigado. Sabe quantos anos tenho? Oitenta e seis. Mas, estou excelente, como pode ver. Qual é a idade de seu pai?

— Setenta e cinco.

— Tão jovem! — exclamou. — Está, porém, um pouco acabado, não é? Acho que deve caminhar mais, como fazíamos juntos antigamente.

A partir da segunda-feira, tanto nesse como nos demais dias da semana, passei a recebr telefonemas dele, um pela manhã e outro à tarde, querendo saber como ia o seu caso. Fiz o que pude para sossegá-lo. Meu advogado trabalhou depressa, procurando o quanto antes encaminhar a defesa.

Quando julguei que conseguira finalmente acalmá-lo, recebi um novo telefonema.

— Desculpe estar incomodando — começou ele, com a voz trêmula. — Não pude dormir nas últimas noites.

— Que foi, seu Samuel?

Rompendo o controle, numa voz de choro, desabafou:

— Não tive até agora nenhuma carta do meu Iossele, estou muito preocupado.

À noite, foi a minha vez de lhe telefonar:

— Localizei seu filho no Hotel Dan, de Tel-Aviv. Falei com ele, por telefone. Está muito bem. Sua nora e seus netos lhe mandam beijos e abraços. Estão fazendo uma viagem maravilhosa.

Ah, santa mentira!

— Você contou a ele sobre o despejo?

— Não, não contei.

— Essa é boa! Eles se divertindo e eu morrendo aqui de preocupação!

RÉQUIEM DE UM MESTRE-ESCOLA

O professor José, velho amigo de meu pai, expirou às nove horas da manhã de uma sexta-feira, no Asilo dos Velhos, onde vivia já algum tempo. Tinha uns setenta e poucos anos, era viúvo, sem filhos, e foi acompanhado ao cemitério do Butantã por quatro pessoas. Duas delas enviadas pelo Asilo, para cuidar do féretro, e mais eu e minha esposa. O enterro foi meio às pressas, por ser véspera de *Shabat* e porque chovia — uma chuvinha miúda e persistente. Não houve discursos, nem desperdício de preces, a não ser as estritamente necessárias.

Diante da cova aberta, enquanto os torrões de terra úmida iam sendo despejados, fiquei refletindo no que fora a vida daquele homem. Valera a pena? Tenho certeza de que, se pudéssemos ouvir-lhe a opinião, diria que sim. Era um tipo que vivia rindo de tudo.

Dos professores que se reuniam à noite, na casa de meu pai, para discutir os assuntos do magistério, talvez fosse ele o mais modesto de todos. Apenas o *melamed* de primeiras letras, que transmitia o *alef-bet* às crianças, nada mais do que isso. Quando se tratava de pleitear aumentos de salários ou estabelecer novas diretrizes para o ensino das matérias judaicas nas escolas, havia discursos inflamados, opiniões radicais se chocavam no ar, mas ele era o único a ficar em silêncio. Todos procuravam meter a sua colher. Por isso, no calor dos debates, às vezes alguém se excedia deixando escapar, como é natural, alguma retórica absurda ou mesmo uma asneira rotunda. Era só neste momento que ele se manifestava:

— Cú-cúúú ... cú-cúúú.

Todos riam, e a serenidade voltava a reinar. Afinal, eram professores respeitáveis e não crianças mal-educadas. Debates, sim; discussões, sim; liberdade de expressão, sim; mas sem faltar com o respeito devido.

Esse "cú-cúúú" do professor José era também conhecido pelos seus alunos — meninos de seis a sete anos. Procurava encasquetar naquelas cabecinhas duras o alfabeto hebraico, e quando a coisa engrossava a ponto de estourar a paciência de qualquer outro mestre, ele dava uma risada, e diante dos olhos perplexos do garotinho assustado, saía-se com o seu alegre "cu-cúúú", que o fazia sorrir de novo.

Seus colegas não o levavam muito a sério, mas tratavam-no bem, é verdade que com certo paternalismo. Afinal, ele era um deles. Uma classe engraçada a dos professores judaicos daquele tempo. Julgavam-se a nata da intelectualidade, citavam poetas e filósofos, usavam um estilo empolado, falavam alto entre si, mas quando tinham de enfrentar os seus empregadores, perdiam um pouco da postura e acabavam aceitando os pequenos salários que lhes impunham. Diante do fracasso da classe, voltavam a se reunir. De algum modo todos tinham suas desculpas e procuravam, através de intervenções e mais discursos inflamados, esconder a sua amarga humilhação. No meio da balbúrdia que se formava, sobrepondo-se ao cipoal das vozes, ouvia-se então o curioso aparte:

— Cú-cúúú ... cú-cúúú.

Alguns reagiam:

— É uma criança! Onde já se viu?

Outros riam e batiam-lhe nas costas, como que lhe aprovando a opinião, pois, aquele "Cú-cúúú", na realidade, como já suspeitassem de algum tempo, representava uma opinião como qualquer outra.

Desde criança, lá em casa, acostumei-me com a presença alegre e jovial do professor José, que vinha conversar com meu pai, não só a respeito dos problemas escolares, como também do judaísmo, do que se passava no mundo, dos artigos polêmicos da imprensa *idish*, dos livros em geral, das questões talmúdicas (era o leitor oficial da *Torá* e das *Meguilot* em uma das nossas sinagogas). Mas, o seu grande assunto, sem dúvida, girava invariavelmente em torno do trabalho educacional em que sempre estivera empenhado.

— Sabe, Iossl — dizia-lhe meu pai, — nós, professores judeus, temos a mania de mergulhar em nosso mister, como se tratasse da coisa mais sagrada do mundo. Entregamo-nos de corpo e alma. Vai-se embora nessa faina toda a nossa energia e não nos sobra nada, a não ser doenças do coração e úlceras gástricas. É este o seu caso, Iossl.

— E o seu é muito diferente do meu? Cú-cúúú.

Acabavam ambos rindo. Os professores daquele tempo eram assim mesmo. Será que ainda o são?

— É uma pena que não tenha tido filhos — diz-me minha esposa, num sussurro, como que adivinhando meus pensamentos.

— Aí é que você se engana, ele tem centenas de filhos.

— Você se refere aos seus alunos? E onde é que eles estão?

— Eis o absurdo, todos nós acabamos sendo esquecidos.

— Isso não é consolo para ninguém.

— E quem está procurando consolo? — Depois, tentando dar-lhe uma resposta mais convincente: — Creio que o que vale é a nossa própria chamada.

— Mas que chamada é essa?

— No caso do professor José, é provável que, pouco antes de fechar os olhos, tenha feito a sua grande chamada: Ianquele, Moishele, Berele, Shloimele ... E de cada uma dessas figuras invocadas, deve ter ouvido distintamente: Presente, Moré; presente, Moré; presente, Moré.

    De novo ficamos em silêncio. Ao último baque de terra que se chocou contra a madeira do caixão, este já totalmente coberto, um pequeno pássaro desprendeu-se do galho, bateu as asas e voou longe, deixando no ar um gorjeio solitário:

— Cú-cúúú.

Ó TEMPORA! Ó MORES!

Maier e Raquel estavam cada vez mais satisfeitos com o casamento do Jaiminho, digno herdeiro de sua estirpe.

— Tenho um palpite sobre o que iremos ouvir daqui a pouco — disse Raquel, quando o carro deles se aproximou do prédio elegante onde morava o filho. — Este jantar íntimo a que fomos convidados deixou-me desconfiada desde o início.

— Que tipo de palpite?

— Creio que a Juditinha, a nossa querida nora, vai-nos anunciar que está esperando.

— Esperando o quê?

— Ora, meu Deus! Que é que uma jovem esposa pode estar esperando?

— Um bebê, você quer dizer, não é isso? — Maier esbugalhou os olhos.

— Não, uma pedra. Onde já se viu?!

— Não brinque comigo, Raquel — exclamou Maier, dando uma brusca freada no carro. — De onde foi que você tirou semelhante idéia?

— Ah, vocês homens não desconfiam mesmo de nada! Sinto cheiro de criança no ar, Maier.

— Ora, você acha então que o Jaiminho ...

— Acho não, tenho certeza.

— Engraçado, de minha parte andei pensando que fosse alguma coisa relacionada com viagens, sei lá. Talvez uma viagem deles para a Índia. O Jaiminho sempre gostou muito da Índia.

— Não, homem de Deus. Desta vez, é coisa séria. Não é à-toa que a Judite convidou também os pais dela. Afinal, será o primeiro neto de todos nós.

— Francamente, ainda não me entra na cabeça que o Jaiminho ...

— Ele amadureceu muito, Maier. Jaiminho, agora, é um *mentsh*, e acho bom você começar a confiar mais nele. Só quero ver a cara do Júlio e da Hadassa, os nossos queridos *mehutonim*, no meio do jantar, diante da notícia e do fato consumado.

Quando Maier e Raquel entraram no pequeno apartamento, viram que a mesa estava preparada em grande estilo. Os simpáticos Júlio e Hadassa Abramovitch já tinham chegado e estavam alegres e eufóricos, como que prevendo as boas novas. Atiraram-se nos braços uns dos outros, numa troca efusiva de beijos e cumprimentos. Raquel aproximou-se de Judite, abraçou-a, beijou-a carinhosamente e, depois, olhou-a comovida nos olhos.

— Então, minha boneca, como vai você?

Jaiminho e Judite comportavam-se como perfeitos anfitriões, com sorrisos discretos, atenções delicadas, gestos amáveis. Enquanto Raquel e Hadassa, as duas sogrinhas, sentadas num sofá listrado — um dos inúmeros presentes de casamento de Maier e Raquel — confabulavam e trocavam amenidades, Júlio Abramovitch puxou Maier pelo braço, atraindo-o para um dos cantos da sala.

— Creio que temos novidades por aí, meu velho — disse ele, esfregando as mãos.

— Que tipo de novidades? — perguntou Maier, fazendo-se de desentendido.

— Sabe, minha mulher tem um palpite.

— A minha também. Mas você, pessoalmente, que é que acha? — perguntou Maier.

— Bem, vou lhe dizer. Passou-me pela cabeça que, talvez, Jaiminho e Judite queiram entrar em algum negócio e contam com a nossa ajuda. Qual é a sua opinião?

— Não sei, talvez se trate aqui, simplesmente, de uma viagem deles para o Extremo-Oriente — arriscou Maier.

— China, você quer dizer?! Essa não, meu caro — Júlio Abramovitch piscou-lhe os olhos significativamente; ele estava bem disposto, cheio de bom humor.

Finalmente, todos ocuparam os seus lugares à mesa. Mais do que tudo, as altas e elegantes taças de champanha chamavam a atenção. O grande lustre de cristal — um dos belos presentes de casamento dos Abramovitch — dominava toda a sala, lançando suaves reflexos nos talheres e nos copos arrumados sobre a toalha branca de linho.

Jaiminho levantou-se, encheu as taças e propôs um brinde.

— Queridos pais — começou ele, de pé, ao lado da jovem esposa que sorria o tempo todo. — Eu e a Judite temos uma notícia a lhes dar.

Todos fizeram uma cara de surpresa, com certo ar brincalhão, como que entrando no jogo que ali começava a se encenar.

— Estamos nos separando.

— Separando?! — a exclamação ecoou praticamente unânime.

— Sim, numa boa — completou Jaiminho, serenamente. — Esta é a nossa última noite, e queríamos passá-la ao lado de vocês.

— Proponho um brinde pelos meses felizes que vivemos juntos — disse Judite, olhando Jaiminho nos olhos. — *Lehaim*!

— *Lehaim*!

Desse momento em diante, por vezes os homens tossiram e as mulheres suspiraram em meio ao jantar, que felizmente correu mais ou menos silencioso até o fim.

À MARGEM DE UM FORMIGUEIRO

A praia de Guarujá estava lotada como nunca, naquele último dia do ano. Maier ergueu-se de sua cadeirinha de lona e olhou para a esposa estendida sobre a esteira, o corpo todo lambuzado pelo creme do bronzeador. Raquel queria estar bem morena para a noite do *réveillon* que iria comemorar logo mais com os amigos.

— Vou andar um pouco — disse ele.

— Cuidado para não se queimar. Sabe em que estava pensando, Maier?

— Não.

— Estou na dúvida entre usar a bata de Iemanjá e o meu *short* branco que me cai muito bem. Vai ser uma noite muito quente. Por favor, se encontrar alguém, dê uma sondada por mim, tá? A Olguinha, ela, com certeza, irá de bata.

— Você se refere à Olguinha do Jaime? Eles não foram para o Caribe?

— Você pensa que todo o mundo foi para o Caribe? Nem a Olguinha, nem a Ester, nem a Liuba. Vocês, maridos, vão ter uma surpresa agradável: estamos preparando um *réveil-*

Ion maravilhoso, com todo o salmão do mundo. Quer saber de uma coisa? Não vejo graça nenhuma nesse cruzeiro do Caribe.

— Dizem que ainda tem por lá piratas e bucaneiros.

— Vá passear, Maier! Esta piada não tem graça nenhuma.

A viagem ao Caribe dividira a turma. Uns ficaram em Guarujá, outros viajaram para o Caribe, a grande coqueluche do momento.

Ele afastou-se rindo e começou a caminhar por entre os numerosos banhistas que se acotovelavam naquela faixa de areia, cada vez mais estreita, espremida entre o mar e o aglomerado dos guarda-sóis. A água vinha lamber-lhe maciamente os pés.

Nessa caminhada, encontrava sempre amigos ou conhecidos, alguns, como ele, simplesmente andando, outros parados, conversando. Era incrível o número de pessoas que, desta vez, havia descido para o litoral. Lera no *Estadão* que mais de 300.000 carros partiram de São Paulo em direção às praias. Ao que parecia, todo o mundo tivera a mesma idéia.

Tal era o enxame, que começou a tomar cuidado para não colidir com ninguém. Havia gente por todas as direções. Achava engraçados esses "fios-dentais" que as jovens agora usavam: bumbuns para fora, á vontade, de todos os tipos e tamanhos. Imagine se uma coisa dessas fosse vista nos seus tempos de juventude! Seria um pega pra capar.

As coisas que se passam pela cabeça de uma criatura quando não tem o que fazer! Ficam pulando feito cabritinhos. Pulando dos biquinis ou dos "fios-dentais" para a Teoria de Malthus, Maier começou a refletir na quantidade de pessoas que se via à sua volta. Procurou em vão uma palavra para defini-la. Uma boiada? Não. Um monte de carneiros? Não. Um cardume?

Teve de parar um instante para que um grupo apressado de adolescentes passasse correndo por ele, em direção ao mar. Uma velhinha, atropelada por um deles, deixou cair o seu chapéu de ráfia. Maier pinçou-o da água e devolveu-o gentilmente a ela.

Foi nesse instante que lhe ocorreu a palavra: sim, um formigueiro. Os homens, quando estão assim juntos, parecem um formigueiro. Do alto, é esta a impressão que devem dar: todos iguais, formiguinhas se movendo, aparentemente seguindo o plano inescrutável de um grande cérebro. Esta noite, as formiguinhas iriam comemorar o seu *réveillon*.

Mas, será que somos só isso? — indagou-se Maier. Que dizer de um Shakespeare, de um Moisés, de um Da Vinci? Ora, com certeza aqui devem existir algumas diferenças, corrigiu-se. Se olharmos para o meio de um desses formigueiros, talvez não dê para distinguir uma formiga da outra, mas um homem do outro, sim.

Ainda tomado por tal progressão de pensamentos, Maier, de repente, deteve seus olhos num homem que vinha andando na direção oposta, acompanhado por outros dois. Havia alguma coisa nele que lhe era familiar. Um tipo comum, com alguns fios grisalhos nas têmporas, mais ou menos da sua idade, caminhava lentamente, discutindo qualquer coisa com os companheiros. Fixando-o mais atentamente, acabou por reconhecê-lo: um coleguinha da escola, da turma dos veteranos, a quem só conhecera de vista, mas, enfim, um contemporâneo dele. Imagine, em meio a toda esta multidão, a esse incrível formigueiro, reconhecer alguém que não via há pelo menos quatro dezenas de anos! E reconhecer como? Por um detalhe insignificante: o sorriso dele. Talvez nisso estivesse, filosofou consigo, a diferença sutil entre o homem e a formiguinha. Ou estaria redondamente enganado?

Como tirar a dúvida?

O computador da memória começou a reagir. Naquele tempo, um fato marcante tornara famoso, não só na escola como em todo o bairro, esse garoto de cuja fisionomia mal se lembrava. A história do que aconteceu tinha passado de boca em boca, embora poucos o tivessem presenciado. Ele sofrera um acidente: nos festejos de rua, em plena noite do ano novo, perdera um dos dedos na tentativa de lançar um "Caramuru" que acabara lhe explodindo na mão. A partir daí, transformara-se numa especial curiosidade para todos os garotos: não havia quem não quisesse dar-lhe uma olhada.

Mas, seria realmente este o tal homem em que fora dar aquele famoso menino? Havia uma só maneira de tirar a dúvida, concluiu.

E Maier abaixou os olhos em direção às mãos dele, estas pendentes discretamente ao longo dos quadris. Na mão direita, dava para notar a falta do dedo indicador.

SÁBADO À NOITE, ANTES DO TEATRO

— *Bai mir bistu chein, bai mir hostu hein ...*
— Que é isso que você anda cantarolando, Maier?
— Não se lembra?! Eu cantava pra você quando éramos namorados, não se lembra?
— Não, isso não é do nosso tempo.
— Hum! Você está usando perfume novo, Raquel?
— Gostou? É um daqueles que compramos em Paris. Aliás o último dos vidros, já está na hora de voltarmos para lá.
— Essa é boa! Só para renová-los?!
— Talvez compre uma bolsa, uns vestidos para noite ... Me ajude aqui com o colar, não consigo fechá-lo.
— Vai sair com ele? É um tanto perigoso.
— Me sentiria nua, se não o usasse. Nem é dos mais caros.
— Não sei, não. Os trombadinhas podem gostar dele.
— Há quanto tempo que não viajamos para Paris, Maier? Lembra-se daquele hotelzinho em Montmartre?
— Paris mudou em muita coisa, não é mais a mesma. Se

estiver pensando em perfumes, bolsas ou vestidos, hoje qualquer *boutique* dos Jardins tem.

— Ora, Maier! Cadê seu romantismo? Não me referia a isso, naturalmente.

— Mas que diabo, não consigo enxergar a lingüeta do fecho, vou apanhar meus óculos.

— Lembra-se da nossa primeira visita ao Louvre? Depois fomos àquele bistrô, na Rive Gauche, você se lembra?

— Vagamente. Com esta crise brava, só me lembro da nossa última viagem à Bahia.

— Não brinque, Maier. Trocar Bahia por Paris? Nada tenho contra a Bahia, adoro a Baixa do Sapateiro, mas Paris é outra coisa.

— Bem, acho bom nos apressarmos, querida. O teatro está marcado para as oito.

— Por favor, não me apresse, sim? Atrapalho-me toda quando me apressam. Além do mais, nunca vi uma sessão de teatro começar sem atraso.

— Meu Deus, como é que se aperta esse fecho?

— Cuidado, não aperte demais.

— Agora estou vendo; não se mexa, por favor.

— O espetáculo desta noite será bom mesmo?

— A sugestão foi do Jaime e da Olguinha. É uma adaptação do *Dibuk* de An-Ski: *Dibuk para dois*. Tenho minhas dúvidas. A Liuba e o Carlos queriam ver o Jô Soares, mas também acabaram concordando. Só quero ver como é que a peça vai ficar com apenas dois atores no palco. Você se lembra do *Dibuk* original?

— Claro, só de me lembrar, sinto arrepios. Ah, o amor proibido de Hanã e Lea!

— Ainda me soa no ouvido aquele canto do coro! "Por que, por que do cimo das alturas caiu a alma no mais profundo dos abismos? A queda, em si mesma, contém a ressurreição".

— "A queda, em si mesma, contém a ressurreição!" Sinto arrepios na pele, Maier. Que acha deste meu vestido?
— Do vestido?! Muito bom.
— Só isso?
— Bom mesmo. Que mais poderia dizer?!
— Se não gostou, me diga, ainda posso trocar.
— Raquel, o vestido é lindo, e você está linda como...
— Como?
— Como a Lea do Hanã.
— Obrigada, gostei do que me disse. Agora vou me apressar, não se preocupe, chegaremos a tempo. Não vai querer que sua mulherzinha saia toda desleixada, vai? A Olguinha e a Liuba se vestem muito bem. Não acha que me pintei demais?
— Nem mais, nem menos.
— A propósito, Maier, onde iremos comer, depois? A verdade é que não tenho fome, só vou querer uma coisa muito leve.
— Que tal o Dinho's?
— Chii, churrascaria, não. Estava pensando num bistrô, talvez o Cocagne.
— Está bem, que seja o Cocagne.
— No fundo você gosta de Paris, Maier, confesse. Quando faremos a nossa viagem?
— Que idéia! Falaremos disso, depois, tá? Você está pronta?
— Prontíssima. Estou bem assim? Não acha que esses cílios me dão uns ares de *vamp*?
— *Bai mir bistu chein, bai mir hostu hein ...*
— Imagine, comparar-me à Lea! Seja franco comigo: dá pra notar essas ruguinhas que me andam perto dos olhos?
— Nada.
— Nada mesmo?

— Não vejo nenhuma.

— Tem uma coisa com a qual não me conformo, Maier. Sinto-me envergonhada só de pensar.

— O que é?

— Nossos amigos, mesmo os *captzonim*, andam nos melhores hotéis de Paris, enquanto nós ficamos por aqui a pastar.

— Pois eu estava pensando em outra coisa, querida. Você se lembra do cenário do ato II? Uma praça, em Brínitze. A velha sinagoga de madeira. Diante dela, pequeno monte de terra com uma lápide "Aqui jazem uma noiva pura e santa e o seu noivo, mortos pela glória de Deus, no ano de 5408. Que a paz esteja com eles". Não era essa a inscrição?

* * * * * * *

Bem vestidos e bem perfumados, Maier e Raquel dirigem-se para o carro. Por cima deles, num céu claro, entre nuvens esgarçadas, a lua vai vagando solitária. A noite mal começa, é ainda uma criança. Cai o pano.

DITOS QUE OUVI NO PLETZL (IV)

O sucesso nos embriaga sem vinho.
*
Com Deus ninguém brinca: primeiro, porque é proibido; segundo, porque Ele próprio não deixa.
*
Na porta do sucesso está escrito: "empurre" e "puxe"
*
De cada resposta pode-se tirar uma nova pergunta.
*
Caridade também é uma questão de hábito.
*
Até mesmo o Rebe tem os seus inimigos.
*
Sábado, até mesmo o pecador no inferno tem seu descanso.
*
Tintas secam logo; lágrimas, não.
*
Em cada nova canção encontra-se uma velha melodia.
*
Ninguém precisa do calendário para morrer.
*

Dois tipos de pessoas sempre derrapam: o tolo entre sábios, e o sábio entre tolos.

*

Os pobres se dão mal tanto no inverno quanto no verão.

*

Poucas palavras, contanto que exprimam a verdade.

*

Não há besteira maior do que tentar ser mais esperto do que todos.

*

Ervas daninhas crescem de noite.

*

O que um tolo pode estragar, dez sábios não conseguem reparar.

*

Cada homem carrega o seu pacote.

*

Não há homem que não tenha a sua loucura específica.

*

Um só pedaço de madeira não vai aquecer a minha lareira.

*

A vida termina sempre em lágrimas.

*

O mentiroso repete tanto suas mentiras, que ele próprio acaba acreditando.

*

Mulher é como veludo: quem não gosta de acariciar?

*

A mãe, com seu manto, cobre tudo, até mesmo os defeitos dos filhos.

*

A tolice é uma planta que cresce sem que se precise regar.

*

A palavra é como a flecha: ambas têm muita pressa de chegar.

*

Uma só mentira é uma mentira; duas são duas mentiras; mas três, aí já se trata de política.

*

Quando uma mãe chama seu filho de bastardo, ela deve saber do que está falando.

*

Caso você olhe para coisas que estão muito alto, segure bem o chapéu.

*

Uma boa dor de dentes faz esquecer qualquer dor de cabeça.

*

Quando as coisas não melhoram, é porque de fato estão piorando.

*

Quem está por baixo, pelo menos está livre de cair.

*

A VINGANÇA DE IANKEV WOLF

Iankev Wolf não esquentava lugar, mudava-se de uma cidade a outra, de um Estado a outro, com uma gana migratória incrível. Embora pouco soubesse da língua do novo país, estava sempre deslocando-se, com todo o peso da família, à procura de negócios, pelos lugares mais diversos e distantes. Bastava um pequeno boato, e lá ia ele ao encontro do que supunha ser o Eldorado. A mulher dele, Pessie Dveire, vivia dizendo que Iankev Wolf herdara em tudo a mania do nosso patriarca Abraão, que, como todo o mundo sabe, nasceu na Caldéia, mas que se abalançou a viajar por outras regiões a centenas de léguas de distância, tendo de cruzar desertos terríveis.

Aliás, Iankev Wolf, embora não fosse muito versado no Gênesis, conhecia de cor as andanças do seu ilustre antepassado, com as quais procurava justificar as suas próprias. Segundo cálculo que fazia, sempre baseado no texto do Gênesis, Abraão saiu de Harã para Síquem, em Canaã, com setenta e cinco ou cento e trinta e cinco anos, não estava bem explicado. Por quê? É que Deus queria mostrar-lhe a terra que séculos depois haviam de habitar seus pósteros. Mas, mal arribou ao montanhoso rincão de Síquem, a fome obrigou-o a abandoná-lo. Foi, então, para o Egito. Notem bem: duzentas léguas separam Síquem de Menfis. Isso a camelo não era pouca coisa só para ir buscar trigo! Ainda segundo as Escrituras, que não mentem, Abraão, já em idade avançada (podem imaginar), mesmo com a mulher grávida, tomou sem titubear o caminho do tórrido deserto de Cadesh.

— O que é tudo isso comparado com os meus pobres deslocamentos para Campo Grande, Ponta Grossa, Catanduva, Rio Preto, Rio Claro?! — perguntava ele aos amigos que por ventura se atreviam a criticá-lo.

— Mas como é que você sabe, Iankev Wolf, que Abraão, nosso pai, tinha cento e trinta e cinco anos quando deixou a Mesopotâmia, já que está escrito que ele tinha apenas setenta e cinco? — insistiam alguns deles, um tanto assombrados com aquela idade mencionada.

— Muito simples, façam a conta comigo. O Gênesis diz também que Terah, tendo gerado Abraão aos setenta anos, viveu até a idade de duzentos e cinco anos (no que acredito), e Abraão saiu de Harã depois da morte do pai. Portanto, é claro, segundo o próprio Gênesis, que Abraão contava cento e trinta e cinco anos (no que acredito), ou vocês querem me dizer que duzentos e cinco menos setenta não são cento e trinta e cinco?

Sim, ele tinha razão; Iankev Wolf sabia fazer contas.

Contudo, quando, finalmente, resolveu vir morar em São Paulo, para fixar-se em definitivo na grande cidade, como deve fazer todo bom imigrante que se preza, aí ele se deu mal. Não nos negócios; estes, graças a Deus, andavam bem: conseguira até mesmo um ponto razoável na José Paulino. É que Iankev Wolf, homem que se acostumara durante tantos anos às pequenas cidades do Interior, não avaliava os hábitos civilizados da grande cidade. Com essa cara acaipirada que acabara adquirindo, quando se metia nos ônibus lotados ou nos assim chamados bondes "camarões", batiam-lhe a carteira. Nas ruas movimentadas dessa absurda metrópole que é São Paulo, furtavam-lhe o dinheiro do bolso, sem que se apercebesse de nada ou ao menos pudesse dizer "ai".

— Mais atenção, Iankev Wolf, pelo amor de nossos filhos — gritava-lhe Pessie Dveire, sua paciente esposa, que por sinal, não ria como a Mãe Sara.

Iankev Wolf prometia, mas era só estar num ônibus ou num bonde, encantava-se com os anúncios coloridos — Sabonete Araxá, Rum Creosotado — e estava feita a felicidade de alguém. Dinheiro, pente e documento — tudo sumia.

Quando passava pela Praça da Sé, em frente da Caixa Econômica, era uma festa. Por mais que cuidasse de ficar com as mãos no bolso, numa única distração lá se ia embora tudo.

— De novo, Iankev Wolf?

— Eles são verdadeiros artistas, acredite-me. Não entendo como me pegaram desta vez!

A coisa chegou a tal ponto que ele passou a ser motivo de zombarias da parte dos parentes, amigos e conhecidos.

— Como é que é, Iankev Wolf? Quanto foi desta vez? Não acha melhor voltar para Catanduva?

Os negócios, como já foi dito, graças a Deus, iam razoavelmente bem, os filhos estavam estudando em escolas judaicas, a mulher tinha agora um bom círculo de amigas, ele próprio já estava se entrosando na comunidade. Havia só esse pequeno problema. Foi, então, que Iankev Wolf, entre outras coisas um homem sobretudo imaginativo, teve uma idéia brilhante.

Um dia, entrou num desses ônibus superlotados. No estreito corredor havia um sem-número de pessoas em pé, espremendo-se e agarradas umas às outras, formando uma verdadeira maçaroca. E Iankev Wolf, tendo-se metido no meio, não demonstrou nenhuma preocupação. Pelo contrário, sorria quando o empurravam, encarava a todos com a cara mais feliz e confiante do mundo. Até mesmo quando sentiu aquela mão macia lhe acariciando o bolso traseiro das calças, olhou para o teto, quase rindo. Não tinha pressa; os passageiros entravam e saíam, mas ele ficava. Sentiu quando lhe remexeram nos cinco bolsos do paletó, nos dois do colete e nos quatro das calças. Por uma questão de discrição, conteve-se para não gemer de prazer. Por fim, tendo chegado ao seu destino, desceu tranqüilo, sempre com aquele sorriso nos lábios.

É que desta vez Iankev Wolf pregara-lhes uma peça. Havia enchido todos os bolsos com recortes de jornal, em tamanho justo de cédulas. E em cada maço, que era grosso e polpudo, deixara um pequeno bilhete, com uma única palavra escrita: *Idiot*.

QUEM PENSA NO PRÓXIMO?

Perdoem-me o truísmo: o mundo mudou um bocado. O que antigamente se tomava por "mau", hoje pode ser "bom", e vice-versa. Aquilo que acontece na minha casa não é mais assunto exclusivamente meu; é também da alçada dos meus vizinhos e, até mesmo, dos habitantes da Conchinchina, que fazem questão de me dizer exatamente como devo proceder e como devo pensar. Hoje em dia, por exemplo, a posse de minha propriedade pode contrariar os interesses de um grupo de pessoas que vivem no outro extremo da Terra, preocupadas com a questão da Reforma Agrária. Duas criaturas, que não conheço, podem ter divergências entre si e utilizar o meu recanto como campo de operações, sob a alegação de que, pelo fato de eu simpatizar mais ou menos com uma das partes, meu território possa transformar-se, um dia, numa base estratégica inimiga. Não há nada que aconteça, perto ou longe de mim, que não me diga respeito; e não há nada do que eu faça que não possa de algum modo afetar a vida de homens na Síria ou no Chifre da África. Todos nós somos responsáveis uns pelos outros. E, com base no que se vem fazendo, posso levar a minha verdade aos meus semelhantes e induzi-los a apoiar as minhas conveniências, bastando para isso utilizar expedientes mais ou menos corriqueiros: pressão econômica, pirataria, influência de amigos, boicotes, atos terroristas, chantagens, ameaças veladas, ameaças claras, pronunciamentos de intelectuais, etc., etc.

Isso é "bom", dizem uns. Isso é "mau", dizem outros.

Sinceramente, estou confuso e não sei se o mundo ganhou ou perdeu com tais mudanças. É uma "matéria" extremamente complexa, a respeito da qual já mudei várias vezes de opinião e, hoje em dia, prefiro me calar (posso?). De uma coisa, porém, estou certo (outro truísmo, que fazer?!): o homem continua profundamente egoísta (nisso ele não mudou absolutamente) e não há nada que ele faça, até mesmo quando se dispõe a fazer o bem, sem ser movido por algum interesse que não provenha do seu "ego".

Por isso, acautelo-me quando, ao ler o noticiário, deparo com a posição altruísta dum país que deseja sinceramente resolver o problema econômico e social de outro, ou que se dispõe a eliminar os atritos entre dois ou mais países. É só fuçar um pouco, e qualquer criança acaba descobrindo o interesse real, oculto por trás daquelas intenções legítimas.

Poder-se-ia transpor tudo isso para o nível pessoal: todos (exceto os *tzadikim*) têm inegavelmente o "seu interesse".

Conta-se que, numa determinada aldeia, o rebe estava moribundo e, por isso, a comunidade proclamou um dia inteiro de jejum. Todos, sem exceção, se empenharam. Até mesmo o bêbado parou de beber e foi à sinagoga implorar a Deus: "Oh, Deus Misericordioso! Por favor, restitua a saúde do nosso rebe, para que eu possa enfim tomar o meu trago".

Pois é, temos todos, no fundo, o nosso próprio interesse, não é verdade?

HISTÓRIA DE UMA EPÍGRAFE

Quando me dispus a publicar o livro, *Crônicas de Meu Bairro*, andei pensando numa epígrafe que combinasse com o espírito dele. Lembrei-me, então, de um prefácio que havia lido, não fazia muito tempo, do Otto Maria Carpeaux, para uma antologia de contos de Scholem Aleihem, *A Paz seja Convosco*, da Editora Perspectiva. Chamou-me a atenção particularmente o seguinte trecho: "Os judeus são, em virtude das suas experiências históricas, um povo triste. Talvez a expressão máxima dessa sua mentalidade seja o Salmo 136, 'Super flumina Babylonis', aquele que Camões transformou na mais sentida das suas elegias: 'Sôbolos rios que vão pela Babilônia'. Sentaram-se os judeus à beira desses rios, diz a Bíblia, e choravam. Em inglês: '... and they sit down by the wathers of Babylon...', e cito a tradução inglesa porque esta, por sua vez, é citada no *Ulysses* de James Joyce, mas o grande escritor moderno continua: '...and laugh'. Os judeus, que durante milênios tinham chorado á beira dos rios da Babilônia, na paródia irreverente de Joyce se sentaram à beira desses rios — e se riam". Genial — pensei comigo —, aí está a minha epígrafe: "...They sit down by the wathers of Babylon and laugh".

Como sou, porém, um sujeito cuidadoso, não pretendia utilizar aquela paródia de James Joyce, sem antes lê-la no próprio *Ulysses*. E foi aí que começou a minha odisséia — sem nenhum trocadilho.

Como todo mundo sabe, existe em língua portuguesa uma tradução excepcional do *Ulysses*, que é do Antônio Houaiss. E foi justamente a esse precioso calhamaço de 850 páginas que recorri. Retomei-o nas mãos e entrei a folheá-lo, um tanto apressadamente, ansioso de localizar a frase mencionada. Embora já tivesse, por vezes, lido e relido (nunca de uma vez) o grande livro de James Joyce, confesso, não me lembrava absolutamente em que parte poderia encontrá-la. E não a encontrei. Tornei a folheá-lo, desta vez com mais vagar e cuidado, sem pular capítulos. E nada. Quem me conhece sabe que eu não desisto fácil das coisas. Passei, então, vários dias debruçado sobre a obra-prima de Joyce. Os dias se transformaram em semanas, e não havia sequer sombra da frase. No entanto, ainda assim o Otto Maria Carpeaux merecia todo o meu crédito. Talvez estivesse me descuidando, e a culpa fosse novamente minha, pensei comigo. Mas, reler aquelas 850 páginas estava definitivamente além de minha capacidade; eu tinha chegado ao meu limite. Resolvi, pois, recorrer ao mestre Augusto de Campos. Quem melhor do que ele para dar-me a informação que eu necessitava?

Ele atendeu-me no telefone, cordialmente:

— Veja bem, minha especialidade é o *Finnegans Wake* — disse. — E no *Finnegans Wake*, posso garantir, não há essa frase. Quanto ao *Ulysses*, não sei, mas a irreverência é típica do Joyce.

Meio abalado, resolvi consultar o próprio Antônio Houaiss, que mora no Rio. Descobri seu telefone e fiz a ligação interurbana. Também ele foi comigo muito atencioso e amável.

— Estou de partida para Petrópolis, mas devo voltar na segunda-feira. Por favor, me telefone na quarta.

Telefonei na quarta, na certeza de que ele me daria finalmente o número da página e da linha.

— Isso não me parece do *Ulysses* — disse-me. — Mas, pode ser de outra obra do Joyce, não estou certo. O Otto, que Deus o tenha no céu, escrevia muito depressa, às vezes de memória. sem consultar as fontes.

Com essas informações do Antônio Houaiss, pus-me a reexaminar, desta vez a fundo, o mencionado prefácio de Carpeaux. De fato havia ali algumas coisas estranhas.

O Salmo a que ele se referia, conforme pude constatar, não era o 136, mas, sim, o 137. E o famoso verso de Camões não seria exatamente "Sôbolos rios que vão pela Babilônia", mas, sim, "Sôbolos rios que vão por Babilônia". Por outro lado, a citada tradução inglesa tinha pelo menos uma incorreção no que diz respeito à grafia da palavra *wathers*, que deveria ser *waters*, ou quem sabe, *rivers*. Tudo isso estava me deixando cada vez mais perplexo e desconfiado. No entanto, a paródia citada pelo falecido Carpeaux e atribuída por ele a James Joyce, no seu *Ulysses*, não deixava de ser fascinante.

Quando contei o caso ao meu editor e amigo, Jacó Guinsburg, este me aconselhou prontamente, não sei se com alguma ironia:

— Também gostei da epígrafe. Se eu fosse você, não deixaria de aproveitá-la. Contudo, *ad cautelam*, assinalaria: *Apud Otto Maria Carpeaux.*

Para encurtar a história, larguei de mão ao James Joyce e fiquei com o Camões, por via das dúvidas. Conforme podem atestar todos os que leram aquele meu livro, lá está a minha epígrafe: "Sôbolos rios que vão por Babilônia...". Mas, o espírito mesmo, devo reconhecer, é: "... and they laugh".

SÓ PARA QUEM ENTENDE IDISH*

Se quiserem, podem acusar Berl, um dos membros de nossa pequena sinagoga, de tudo: amargo, pessimista, mal humorado, intolerante, etc., etc. Menos de uma coisa: ele não é falso e tem opiniões bem claras sobre quaisquer assuntos, sobre quaisquer pessoas. Baixinho, roupas modestas, é um tipo de poucas palavras, mas que as diz com segurança e precisão. Alguém já disse que é como um pepino amargo, não sei. Outros dizem que a bílis lhe sai pelo nariz. Vocês poderão julgá-lo — isso, se por acaso entenderem *idish*.

Não me canso de ouvir os diálogos que ele mantém, sobretudo, com o Shloime e o Ioine, dois outros bons correligionários, que também são daqui e que completam o nosso modesto *minian*.

Quando ele vê o Shloime entrando, não esconde nem um pouco de sua reação:

— Er iz shoin dó, der nudnik[1].

---
* Para quem não entende *idish*, e ainda assim queira ler esta história, oferecemos a seguir um apêndice com a tradução possível das expressões idiomáticas nela empregadas.

Shloime aproxima-se dele rindo e lhe diz:

— É assim que você recebe um amigo?

— Drei mir nit cain cop[2], estou hoje bombardeado.

— Berl, você não quer ouvir as últimas?

— Bobe maisses[3] — ele interrompe. — Hak mir nit cain tshainik[4].

Nisto chega o Ioine, apressado; este dificilmente perde o horário, apesar das inúmeras ocupações que lhe pesam na cabeça. Quem o conhece, sabe que ele está sempre metido ou de olho em algum negócio.

— Sabe, Berl, estou tratando uns *gueshftn* com o Bernstein, a quem você certamente conhece.

— Bernstein? A gueferlicher carguer[5] — ele sentencia.

— Ouvi dizer que ele tem muito dinheiro, é verdade?

— Er hot cadoches[6].

— Cadoches?!

— Cadoches mit coshereh fodem[7].

— Não me diga! Como é que está a situação comercial dele, você sabe?

— Af maine sonim guezogt[8]. Er ligt in guehacte tzores[9].

— Mas ouvi dizer que ele é ativo e trabalhador!

— Pfu! Er cricht vi a vantz[10].

Com poucas palavras, Berl liquidou o sujeito. Nada, ou quase nada, posso dizer, sobrou do tal de Bernstein.

Quando Shloime, que é meio filósofo e vive citando raciocínios complexos da Mishná, puxa conversa com ele sobre tais assuntos, a coisa fica realmente interessante. Berl ouve-o com paciência, sem piscar os olhos, e, quando o fio do pensamento do outro se torna denso, enredado e simplesmente surrealista, ele intervém:

— Núu, mach es cailechdik[11].

E se o amigo Shloime ainda insiste naquela sua arenga

doutrinária, ele corta-lhe de novo a frase, seja em que altura estiver, como se tivesse uma faca na mão:

— Bequitzer[12].

Mais tarde, Ioine, não resistindo à curiosidade, pergunta-lhe o que foi afinal que o outro andou lhe falando.

— Meshugue of toit, oiver botl[14].

Shloime, que está por perto, perde a paciência e cai-lhe em cima.

— Estou tentando pôr um pouco de cultura judaica nesta sua cabeça dura!

— A guezunt dir in pupik[15] — responde-lhe Berl.

Shloime dá-lhe as costas e se retira.

— Você não devia tratá-lo desse jeito, Berl — aconselha-o Ioine. — Ele é um bom sujeito.

— A iatebedam, a vaizoso[17].

Outra ocasião, Ioine, que não perde o costume, tenta atrair o Berl para um negócio. Enfileira uma série de argumentos, mostra-lhe as vantagens e os lucros que ambos poderiam obter.

— Ich darf es af capores[18] — responde-lhe Berl francamente.

— Mas, como?! Você está perdendo uma boa oportunidade!

— Ich hob es in drerd[19].

Por aí se vê a outra faceta do Berl: negócios realmente não o atraem; não venham oferecer-lhe, que ele não topará.

Outro dia, no breve intervalo entre os serviços de Minche e Mairev, Shloime, tentanto irritá-lo, tece alguns comentários sobre o Faivl, um sujeito a quem o nosso Berl, por motivos de negócios passados, não pode ver nem debaixo d'água.

— Emesseh s'cheireh[20] — ele reage imediatamente. — Vocês não conhecem o Faivl. Er zol vaksen vi a tzibeleh, mit di cop in drerd[21].

— Por favor, Berl, não exagere.

— Esse cara arruinou uma porção de famílias judias. Er zol ainemen a misseh meshuneh[22].

— Mas, agora ele está regenerado.

— Farmish nit di iotzres[23]. Ich hob him tif in drerd[24]. Er zol zich clapn cop in vant[26].

Por aí vocês podem ver o tipo radical que é o nosso Berl. Como já disse, podem acusá-lo de tudo, menos de falso, ele não esconde suas opiniões.

Eu mesmo lhe andei perguntando muitas coisas, sobretudo o que achava da situação delicada do nosso país.

— A farshlepte crenk[26].

— Mas, você não acha que houve alguma melhora com a nova República?

— A nechtiquer tog[27].

— E o nosso Ministro da Fazenda?

— Er cuct vi a hon in b'nei odom[28].

— Mas o fato é que as últimas declarações dele foram bastante enérgicas.

— Er redt tzu der vant[29] — Berl, deve-se admitir, deixa bem claro seu ponto de vista.

— E esta questão toda do F.M.I.?

— Ribi-fish, guelt oifn tish[30].

— E o que me diz dos japoneses que estão nos querendo ajudar com algum dinheiro?

— Bai mir poilste, ober s'iz aroisguevorfene guelt[31].

— Você acha, então, que ainda leva tempo para uma solução?

— A ior mit a mitvoch[32].

— Mudando de assunto, Berl, vou lhe fazer uma grande pergunta. Afinal, que é que você pensa a respeito da vida?

— Dos gantze lebn iz a milchome³³ — ele não titubeia em me responder.

Berl é isso: franco, terrivelmente franco. O sujeito mais franco que já conheci na minha vida. Não consegue fugir à verdade, pena que esta doa feito mordida de chicote.

— Deixe pra lá, Berl — diz-lhe o amigo Ioine, na saída da sinagoga — Antes de irmos para casa, que tal se passássemos pelo empório do Júlio. Um lehaim acompanhado de um bom pedaço de arenque não nos faria mal.

— O hering do Júlio?! Es hot main bobes taam³⁴.

— Vamos lá, Berl! Afinal, eu é que vou pagar a conta. Fechado o negócio?

Ele hesita um momento.

— Quem sabe — insiste o outro —, ainda possamos acrescentar nisso tudo a shticl zoiere huguerque? Que tal?

Este foi o primeiro sorriso que vi estampado na cara dele:

— Núu, gut, es vet nit shaten tzum shidech³⁶.

EXPRESSÕES IDIOMÁTICAS (IDISH)

Pela ordem em que vão sendo empregadas nas histórias de "Só para quem Entende *Idish*":

(1) Er iz shoin dó, der nudnik — Ele já está aí, o chato.
(2) Drei mir nit cain cop — Não me amole (Literal: Não me vire a cabeça).
(3) Bobe maisses — Histórias do arco da velha (Literal: Histórias da avó).
(4) Hak mir nit cain tshainik — Não me amole (Literal: Não me bata na chaleira).
(5) A gueferlicher carguer — Avarento terrível, tacanho, miserável.
(6) Er hot cadoches — Ele não tem nada (Literal: Ele tem é malária).
(7) Cadoches mit coshereh fodem — Absolutamente nada (Literal: Malária e fio casher).
(8) Af maine sonim guezogt — Que recaia sobre meus inimigos.
(9) Er ligt in guehacte tzores — Ele está numa miséria completa (Literal: Ele está deitado num picadinho de problemas).

(10) Pfu! Er cricht vi a vantz — Pfu! Ele se arrasta feito um carrapato.

(11) Núu, mach es cailechdik — Arrendonde as coisas.

(12) Bequitzer — Em suma.

(13) Mechugue of toit — Maluco (Literal: maluco de morte).

(14) Oiver botl — Caduco.

(15) A guezunt dir in pupik — Obrigado por nada (Literal: Que tenha saúde no umbigo).

(16) A iatebedam — Não é de nada.

(17) A vaizoso — Idiota (Literal: nome do filho caçula de Haman, arquiinimigo dos judeus, conforme o Livro de Ester).

(18) Ich darf es af capores — Não me serve para nada (Literal: Só me serve para malária).

(19) Ich hob es in drerd — Ao inferno com isso (Literal: Que vá para as profundezas da terra).

(20) Emesse s' cheireh — Mercadoria daquelas (Literal: Tecido legítimo).

(21) Er zol vaksen vi a tzibeleh, mit di cop in drerd — Que ele cresça feito uma cebolinha, cabeça enterrada.

(22) Er zol ainemen a misseh meshuneh — Que vá para o inferno (Literal: Que ele tenha uma morte terrível).

(23) Farmish nit di iotzres — Não confunda as coisas (Literal: Não misture as preces dos feriados).

(24) Ich hob him tif in drerd — Que ele vá para o inferno.

(25) Er zol zich clapn cop in vant — Que ele quebre a cabeça (Literal: Que ele bata a cabeça na parede).

(26) A farshlepte crenk — Doença interminável (Literal: Doença que se arrasta).

(27) A nechtiguer tog — Bobagem (Literal: Dia de ontem).

(28) Er cuct vi a hon in b'nei odom — Ele não sabe do que se trata (Ele olha feito um galo no poleiro).

(29) Er redt tzu der vant — Ele prega no deserto (Literal: Ele fala para as paredes).

(30) Ribi-fish, guelt oifn tish — Dinheiro na mesa.

(31) Bai mir poilste, ober s'iz aroisguevorfene guelt — Para mim está bem, mas é dinheiro jogado fora.

(32) A ior mit a mitvoch — Vai levar um bocado de tempo, até o dia de Juízo final (Literal: Um ano e uma quarta-feira).

(33) Dos gantze lebn iz a milchome — A vida toda é uma batalha.

(34) Es hot main bobes taam — Tem um gosto passado (Literal: Tem o gosto de minha avó).

(35) Shticl zoiere huguerque — Um pedaço de pepino azedo.

(36) Núu, gut, es vet nit shaten tzum shidech — Está bem, não vai atrapalhar o casamento.

GLOSSÁRIO

(A)

ALEF-BET — Alfabeto hebraico. Alef, a primeira letra; Bet, a segunda.

(B)

BAI MIR BISTU CHEIN, BAI MIR HOSTU HEIN — Canção popular idish, de grande sucesso na década de 30. Tradução literal: Para mim você é linda, para mim você tem graça.
BAR-MITZVA — (hebraico) Tradução literal: Filho do mandamento. Solenidade pela qual passa o menino judeu, aos treze anos, quando ingressa na maioridade religiosa.
BEHEIME — (hebraico) Besta, gado, vaca (quando se refere a uma pessoa, tem o sentido de estúpido).
BIMA — (hebraico) Púlpito, palco, plataforma: nome da mesa sobre a qual se lê a Torá, na sinagoga.
BLINTZES — (idish) Rolo de massa fina, com recheio de queijo, aveia ou trigo.
BOK — (idish) Bode (quando se refere a uma pessoa, tem o sentido de tolo).
BRIT-MILA — (hebraico) Cerimônia de circuncisão.

(C)

CADISH — (hebraico/aramaico) Oração pelos mortos.

CALB — (idish) Bezerro (quando se refere a uma pessoa, tem o sentido de tolo ou ignorante).

CAPELE — Forma diminutiva idish da palavra hebraica *quipá*. Pequeno gorro usado para cobrir a cabeça por motivos religiosos.

CAPTZONIM — (hebraico) Pobretões.

CHAVERÁ (sing.), CHAVEROT (pl.) — (hebraico) Companheira, companheiras. (O "ch" pronuncia-se como o "j" gutural do espanhol.)

CHAZER — (idish) Porco, com todas as suas implicações pejorativas. (O "ch" pronuncia-se como o "j" gutural do espanhol.)

CHAZONES — (hebraico/idish) Música litúrgica. (O "ch" pronuncia-se como o "j" gutural do espanhol.

CHOIHET — (hebraico) Pessoa licenciada pela autoridade rabínica para abater animais destinados à alimentação, de acordo com as leis judaicas. (Pronuncia-se "choijet", com o "j" gutural do espanhol.)

CLIENTELCHIK — Mascate, vendedor pelo sistema de prestações.

(D)

DIBUK — Espírito mau, nome que designa, pelo folclore judaico, as almas errantes. Segundo a crença popular, o "dibuk" pode penetrar num ser humano, falando através deste com a voz daquele em cujo corpo vivera.

(E)

EIZL — (idish) Burro, asno, com todas as suas implicações pejorativas.

(F)

FEIGUELE — (idish) Passarinho.
FOIGL — (idish) Pássaro.
FUKS — (idish) Raposa.
FERD — (idish) Cavalo, com todas as suas implicações pejorativas.

(G)

GAML — (hebraico/idish) Camelo.
GROISSER FERD — (idish) Tradução literal: cavalo grande.
GUENUG — (idish) Basta.
GUESHEFTN — (idish) Negócios.
GUEVIR — (idish) Rico, milionário.
GVALD (idish) Socorro.

(H)

HALACHÁ — (hebraico) Usado no sentido de guia, tradição, prática, regra e lei; contrapõe-se a "Agadá". (Pronuncia-se "Halajá", com o "j" gutural do espanhol.)
HASSID — (hebraico) Pio, beato, adepto do Hassidismo, movimento religioso fundado por Baal Shem Tov, no século XVIII. (Pronuncia-se "Jassid", com o "j" gutural do espanhol.)
HEDER — (hebraico) Tradução literal: quarto, câmara. A partir do século XVI, denomina a escola primária, onde os meninos judeus eram iniciados nos rudimentos da língua e da religião hebraica. (Pronuncia-se "Jeder", com o "j" gutural do espanhol.)
HUNT — (idish) Cachorro, com todas as suas implicações pejorativas.

(I)

IOM KIPPUR — É um dos principais feriados judaicos. Nesse dia, o crente observa jejum absoluto, entrega-se à oração, ao exame de consciência e à penitência. Ocorre dez dias após Rosh Haschaná, isto é, Ano Novo judaico.

IORTZAIT — (idish) Aniversário de falecimento dos pais.

(K)

KOL-NIDREI — Canto litúrgico de Iom Kippur. Prece do início da noite de Iom Kippur.

(L)

LEHAIM — (hebraico) À vida, saudação empregada pelos judeus ao beber uma bebida alcoólica. (Pronuncia-se "Lejaim", com "j" gutural do espanhol.)

(M)

MATZEIVA — (hebraico) Sepultura.
MAARIV — (hebraico) Oração da noite, na liturgia judaica.
MATZES — Pão ázimo, durante as festividades da Páscoa, para recordar aos judeus o Êxodo.
MEGUILOT — Rolos, tratados da Bíblia, do Talmud.
MEHUTONIM — (hebraico/idish) Designa o parentesco com a família dos noivos ou do casal. (Pronuncia-se "mejutonim", com o "j" gutural do espanhol.)
MELAMED — (hebraico) Mestre-escola, em geral das primeiras letras.
MENTSH — (idish) Homem.
MINCHA — (hebraico) Oração da tarde, na liturgia judaica. (Pronuncia-se "minja", com o "j" gutural do espanhol.)
MINIAN — (hebraico) Quórum, conjunto de dez pessoas indispensaveis à realização dos ritos judaicos.
MISHNÁ — Designação à coletânea de leis e preceitos orais que foram objeto de trabalhos de hermenêutica bíblica. Seu codificador foi o Rabi Iehuda ha-Nassi.
MORÉ — (hebraico) Mestre, professor.

(N)

NÚU — Exclamação *idish* equivalente a "E então?", "Bem".
NIGUN — Melodia. Plural: Nigunim.

(O)

OKS — (idish) Boi, touro.
ONGUESHTOPT MIT GUELT — (idish) Entupido ou cheio de dinheiro.

(P)

PIRKEI AVOT — Tratado da Mishná que trata dos ensinamentos éticos; denomina-se igualmente Ética dos Pais, Capítulos dos Pais.
PLETZL — Local de encontro para conversa e fofocas.
PURIM — Festa judaica celebrando o feito de Ester que salvou os judeus no reinado de Assuero, na Pérsia.

(Q)

QUETZICHE COP — (idish) Cabeça de gato.

(R)

RABI — Título dado, especialmente pelos hassidim, aos guias espirituais da comunidade.
REBE — Forma idish de rabi.

(S)

SHAHARIT — Oração matutina, na liturgia judaica.

SHEHEINE — Vizinha. (Pronuncia-se "shejeine", com o "j" gutural do espanhol.)
SHIF-BRIDER — (idish) Tradução literal: irmão de navio. Designa companheiro de imigração que viajou no mesmo navio.
SHIL — Sinagoga.
SHIVA — (hebraico) Período de luto de sete dias.
SHLANG — (idish) Cobra, com todas as suas implicações pejorativas.

(T)

TALIT — (hebraico) Xale, com franjas nas extremidades, usado pelos judeus nas suas orações.
TEFILIM — (hebraico) Filactérios, cubos de couro, contendo inscrições de textos das Escrituras, presos por tiras estreitas de couro e que os judeus devotos costumam enrolar no braço esquerdo e na cabeça, geralmente durante as orações matinais.
TZADIK/TZADIKIM — (sing.,p.) Devoto, justo, santo.
TORÁ — Designa ora a Bíblia, ora todo o código cívico-religioso dos judeus, formado pela Bíblia e pelo Talmud.

(V)

VANTZ — (idish) Carrapato

(Z)

ZUNELE — (idish) Filhinho.

impressa metodista
Impressão e acabamento
Av. Senador Vergueiro, 1301
Fone: 453-1777
São Bernardo do Campo - SP
Brasil